SYLVIA PLATH
爱丽尔集

〔美〕西尔维娅·普拉斯 著
赟 徐贞敏 译

人民文学出版社

图书在版编目（CIP）数据

爱丽尔集 / (美) 西尔维娅·普拉斯著；周瓒，徐贞敏译. — 北京：人民文学出版社，2025. — (巴别塔诗典). — ISBN 978-7-02-019448-3

Ⅰ. I712.25

中国国家版本馆CIP数据核字第2025VD8394号

责任编辑　卜艳冰　何炜宏
装帧设计　朱晓吟

出版发行　人民文学出版社
社　　址　北京市朝内大街166号
邮政编码　100705

印　　制　凸版艺彩（东莞）印刷有限公司
经　　销　全国新华书店等

字　　数　98千字
开　　本　889毫米×1194毫米　1/32
印　　张　7.75
插　　页　5
版　　次　2025年8月北京第1版
印　　次　2025年8月第1次印刷
书　　号　978-7-02-019448-3
定　　价　69.00元

如有印装质量问题，请与本社图书销售中心调换。电话：01065233595

目录

第一辑　爱丽尔集　_1

晨歌　_3

专递员　_5

捕兔者　_7

沙利度胺　_9

申请人　_12

不孕的女人　_15

拉撒路女士　_16

郁金香　_22

一个秘密　_26

狱卒　_29

切伤　_32

榆树　_35

夜舞　_38

侦探　_41

爱丽尔　_44

死亡公司　_47

麦琪　_49

莱斯波斯岛　_51

另一个　_56

猛停　_59

十月的罂粟花　_61

闭嘴的勇气　_62

尼克与烛台　_65

伯克海滨　_68

格列佛　_78

到那里　_80

美杜莎　_84

帷幕　_87

月亮与紫杉树　_91

生日礼物　_93

十一月的信　_98

健忘症　_101

对手　_103

爹爹　_105

你是　_110

高烧 103 度　_112

蜜蜂的聚会　_116

蜂盒的到来　_120

蜇刺 _ 123

过冬 _ 127

第二辑 《爱丽尔集》补遗 _ 131

雾中的羊 _ 133

玛利亚的歌 _ 135

蜂群 _ 137

悬吊着的男人 _ 141

小赋格 _ 142

数年 _ 146

慕尼黑时装道具模特儿 _ 148

图腾 _ 150

瘫痪病人 _ 153

气球 _ 156

七月的罂粟花 _ 158

善良 _ 160

撞伤 _ 162

边缘 _ 163

词语 _ 165

废墟中的交谈 _ 167

冬天,有白嘴鸦的风景 _ 168

杜鹃花小径上的厄勒克特拉 _ 169

巨像　_172

国会山野　_174

三个女人　_177

第三辑　题献给普拉斯的诗篇　_199
布伦达·希尔曼　抽屉里的一绺卷发（重写版）

多多　1988年2月11日　_204

臧棣　新鲜的禁忌协会　_206

冯晏　体内的词　_208

世宾　在沸腾的水中　_210

安·沃德曼　小调爱丽尔　_213

西蒙·奥蒂斯　没机会睥睨普拉斯　_216

译后记（周瓒）　_219

译后记（徐贞敏）　_231

第一辑

爱丽尔集[①]

[①] 此辑诗篇为西尔维娅·普拉斯本人所编选。

晨　歌

爱驱使你走动如一块胖胖的金表。
接生婆拍打你的脚掌,而你光秃秃的哭叫
在大自然的力量中取得了它的位置。

我们的声音回应,放大着你的到来。新的塑像
在一座有穿堂风的博物馆,你的赤裸
遮蔽我们的平安。我们站立一旁茫然如墙壁。

我不是你的母亲
就像云蒸馏一面镜子,为了在风的手中
反射它自身缓慢的消抹。

整夜你蛾的呼吸
闪动在平坦的粉色玫瑰中。我醒来倾听:
一片遥远的海在我耳中移动。

4

一声哭喊，我蹒跚起床，母牛般沉重
穿着我的维多利亚睡裙，缀满花饰。
你嘴巴张开，干净如一张猫嘴。窗子的方格

变白并吞掉它昏暗的星星。而此刻你试唱
你的一把音符；
嘹亮的元音像气球升空。

专递员

一只蜗牛的词在一片叶的盘子里?
那不是我的。不要收下它。

醋酸在一听密封的罐头里?
不要收下它。它不是真品。

一枚里面有太阳的金戒指?
谎言。谎言和一种悲伤。

一片叶上的霜,洁净的
坩埚,说着、噼啪着

独自在九座黑色阿尔卑斯山的
每一座山顶上。

镜中的一场骚乱,

大海粉碎着它灰色的一个——

爱情，爱情，我的季节。

捕兔者

那是一个有威力的地方——
风用我自己被吹起的头发堵塞我的嘴,
扯掉我的声音,而大海
用它的光使我盲目,死者的生命
在大海里展开,油一样漫延着。

我尝到了金雀花的恶意,
它黑色的穗,
它黄色蜡烛花的极度抚慰。
它们有一种功效,一种伟大的美,
太奢侈了,就像折磨。

只有一处地方要到达。
文火慢炖,散发香气,
小路变窄进入空洞。
而这些陷阱几乎抹去了它们自己——

零,捕捉着空无,

布置很近,就像阵痛。
尖叫的缺失
在这个热天里制造了一个洞,一个空。
玻璃光是一面透明的墙,
灌木丛安静。

我感到了一种静止的忙碌,一个意图。
我感到了围拢一只茶杯的双手,笨拙、生硬,
箍紧白色的瓷。
它们多么期待他,这些小小的死!
它们如恋人般期待。它们使他兴奋。

而我们,也有一种关系——
紧绷的线在我们之间,
钉子深得不能拔出,而一桩心愿也像个圆环
滑动着套住某个敏捷之物,
这种紧压感也在杀死我。

沙利度胺[1]

哦,半个月亮——

半个脑袋,发光体——
黑人,伪装成一个白人,

你昏暗的
截肢缓缓爬动而令人惊骇——

蜘蛛一样,不安全。
什么手套

什么似皮革
将我保护

---

[1] 一种镇静剂,用于治疗妊娠反应,20世纪50年代被发现会导致婴儿的出生缺陷。

避开那个阴影——
不能抹除的花苞，

肩胛上的关节，这些
挤进

存在的脸孔，拖曳着
缺席的

被剪掉的血胎膜。
整夜我打造

一个空间为赠予我的事物，
一种爱

有两只湿润的眼睛和一声尖叫。
白色的唾沫

满不在乎！
黑暗的果实旋转并落下。

玻璃穿破,

形象

逃离并中止,就像掉落的水银。

申请人

首先,你是我们需要的那类人吗?
你是否安了
一只玻璃眼、假牙或配了一副拐杖,
一根支架或一只钩子手,
橡胶乳房或一根橡胶下体,

针脚显示少了一个东西?没有,没有吗?那么
我们怎么给你一样东西?
别哭了。
张开你的手。
空的?空的。这里有一只手

填满它并愿意
为你端来茶杯且驱走头痛
做任何你让它做的事。
你会娶它吗?

它保证

在临终时刻用拇指合上你的双眼
溶解悲伤。
我们用盐制作新货物。
我注意到你完全赤裸着。
这套正装如何

又黑又挺,但看上去合身。
你会娶它吗?
它防水,防碎,防火
也防穿过房顶的炸弹。
相信我,他们会让你穿着它下葬。

现在你的头,对不起,是空的。
为此我刚好有你所需。
过来,亲爱的,从衣柜里出来。
那么,你觉得那样如何?
一开始就像纸一样赤裸

但二十五年后她会是银的,
五十年后,金的。

一个活着的玩偶,无处不在。
它能缝补,它能烧菜,
它能说,说,说。

它好用,没有任何问题。
你有一个洞,它便是一剂敷药。
你有一只眼,它便是一个形象。
小子,它是你最后的指靠。
你会不会娶它,娶它。娶它。

不孕的女人

空的,我呼应最轻微的脚步声,
无雕像的博物馆,壮丽的支柱、门廊、圆形大厅。
我的院子里一座喷泉跳起又落回自身,
修女的心肠,对世界视而不见。大理石百合
呼出它们像气味一般的苍白。

我想象我自己与伟大的公众一起,
一尊白种胜利女神与几尊裸眼的阿波罗的母亲。
相反,死者用关心伤害我,而什么也不会发生。
月亮把一只手放在我额头,
面无表情,护士般缄默。

拉撒路女士①

我又做了一次。
每十年中有一年
我实现它——

一个活生生的奇迹,我的皮肤
明亮如纳粹灯罩,
我的右脚

一块镇纸。

---

① 拉撒路(Lazarus),典出《圣经·新约·约翰福音》第11章。拉撒路和他的两个姐姐住在以色列南部伯大尼的小村庄里,他们一家是耶稣的朋友。拉撒路生病,他的两个姐姐派人去找耶稣。耶稣认为其病不至于死,并称这是为了神和他的儿子得荣耀。耶稣在原地等了两天才出发去伯大尼,待他到时,拉撒路已经死去四天。拉撒路的姐姐马大走出家门迎接耶稣,并哭诉说:"主啊!你要是早来几天,拉撒路就不会死啦!"耶稣听到拉撒路两个姐姐的哭泣很难过。他来到拉撒路墓前,叫众人把墓门前的大石头搬开。他向神祈祷,然后,高声叫道:"拉撒路,出来!"拉撒路奇迹般地复活了,身上还缠着细麻布。普拉斯在诗中构想了一个女性的拉撒路。

我的脸一片毫无特征、精致的
犹太亚麻布。

扯掉餐巾
哦,我的敌人。
我吓到你了吗?——

鼻子,眼窝,一整副牙?
酸口臭
会在一天内消失。

不久,不久被墓穴
吃掉的皮肉将会
自在合身

而我是个微笑的女人。
才三十岁。
就像猫一样我可以死九次。

这是第三次。
多么浪费
消灭每个十年。

一百万细丝。
嚼着花生的看客
推推搡搡着要看

他们解开我被裹着的全身——
这盛大的脱衣舞。
先生们,女士们

这是我的手
我的膝盖。
尽管我只是皮与骨,

然而,我还是同一个,一模一样的女人。
第一次发生时我十岁。
那是一次意外。

第二次我打算
坚持到底决不回来。
我摇晃着合上

如一只海贝。

他们不得不叫了又叫

并把蠕虫从我身上拿开如黏糊糊的珍珠。

死,
是一门艺术,就像别的一切。
我干得出乎意料的好。

我干它好让它感觉像地狱。
我干它好让它感觉是真的。
我猜你会说我有一个使命。

在一间密室里干是够容易的。
干着并留在那里也是够容易的。
在大白天里

戏剧性地归来
回到相同的地点,相同的面孔,相同的畜生般
愉快地大喊:

"一个奇迹!"
这一切击倒了我。
打量我的伤痕

是要收费的,倾听我的心
是要收费的——
真是这般。

还要收费,一大笔
为一个词或一次抚摸
或者一点血

或者一片我的头发或衣服。
所以,所以,医生先生
所以,仇敌先生。①

我是你的著作,
我是你的贵重物品,
这纯金的婴儿

熔化成一声尖叫。
我翻身我燃烧。
别以为我轻视你巨大的关怀。

---

① "医生先生""仇敌先生",原文为德语。

灰，灰——
你又捅又搅。
肉体，骨头，那儿什么都没有——

一块肥皂，
一枚婚戒，
一颗金填牙料。

上帝先生，路西法先生①
当心
当心。

从灰烬中
我披着红发起身
我吃男人就像吃空气。

---

① "上帝先生，路西法先生"，原文为德语。路西法（Lucifer），原为天堂中的天使长，后堕落。一说，路西法即撒旦。

郁金香

郁金香太容易兴奋，这里是冬天。
看看一切多么洁白，多么安静，多么被雪困住。
我在学习平静，独自安静地躺着
就像光倚在这些白墙、这张床、这些手上。
我谁也不是；我和那些爆发毫不相干。
我已把我的名字和我现有的衣服交给了护士
把我的来历交给了麻醉师而把我的身体交给了外科医生

他们把我的头支撑在枕头和床单翻口之间
就像两片闭不上的白色眼皮之间的眼睛。
愚蠢的瞳孔，它必须收纳一切。
护士们穿行而过，他们并不烦人，
他们像海鸥戴着白色的帽子向内陆穿行，
他们用手做事，一个完全像另一个，
所以说不清到底有多少。

我的身体对他们是一枚砾石,他们照料它
就像水照料它必须流经的砾石,轻轻地磨光它。
他们用明亮的针使我麻木,他们带给我睡眠。
现在我失去自己而厌倦了包袱——
我的黑漆皮小行李箱就像黑色的药盒,
我的丈夫和孩子从家庭照片中向外微笑;
他们的微笑钩住我的皮肤,小小的微笑的钩子。

我已经把事情搞砸了,一条三十岁的货船
固执地紧抓我的姓名与地址。
他们已擦洗我清除了我温情的关联。
恐怖并暴露在绿色塑料枕头的担架车上
我看见我的茶具、装着床上用品的衣柜、我的书
沉下去不见了,而水淹没我的头。
我现在是一个修女,从未如此纯洁。

我并不想要鲜花,我只想
躺下,双掌朝上,身心放空。
多么自由,你不知道有多么自由——
这平静大到使你迷茫,
而它一无所求,除了一张名签、几样小饰品。
这就是死者最终追逐的;我想象他们

把它抿进口中,就像一块圣餐饼。

郁金香本身太红了,它们伤害我。
即使透过包装纸我也能听见它们呼吸
轻轻地,透过襁褓,就像个骇人的婴儿。
它们的红和我的伤口说话,多么相符。
它们微妙:似乎在飘,尽管它们压弯了我,
用它们局促的舌头和它们的颜色搅乱我,
一打红色的铅锤绕着我的脖子。

以前没有人观看我,现在我被观看。
郁金香转向我,以及我后面的窗户
那里每天一次光慢慢变宽变薄,
而我看我自己,扁平、可笑,一张剪纸的影子
在太阳眼睛和郁金香眼睛之间,
而我没有面孔,我一直想抹去我自己。
耀眼的郁金香吃了我的氧气。

在它们进来之前空气足够安静。
来来去去,呼吸接着呼吸,没有任何忙乱。
然后郁金香充满了它就像一声巨响。
现在空气绊住并围绕它们打旋就像一条河

绊住并围绕着一部下沉的锈红发动机打旋。
它们集中了我的注意力,它曾经是愉快的
毫无自我约束地游戏并休息。

墙壁,也似乎在温暖着自己。
郁金香应该像危险的动物一样待在栅栏后面;
它们就像某种巨大的非洲猫的嘴正在绽开,
而我意识到我的心:它张开又合上
它的朵朵红碗出于对我纯粹的爱。
我尝到的水是温暖和咸盐,就像大海,
来自和健康一样遥远的一个国度。

一个秘密

一个秘密！一个秘密！
多么出色。
你又蓝又巨大,一名交通警察,
举着一只手掌——

我俩之间的一个差别?
我有一只眼睛,你有两只。
这秘密被戳盖在你身上,
淡淡、起伏的水印。

它会显示在这黑色检测仪上吗?
它会显露出来吗?
不确定,擦不掉,真真切切
穿过待在它的伊甸园般的温室里的非洲长颈鹿、

摩洛哥河马?

它们从一个正方形的僵硬褶边里瞪着眼。
它们用来出口,
一个是傻子,另一个也是傻子。

一个秘密……一种多余的琥珀色
白兰地手指
栖息着咕咕叫着"你,你"
在只能反射猴子的两只眼睛里。

一把刀子能够被拿出来
削指甲,
抠污垢,
"不会痛。"

一个私生婴儿——
那硕大的蓝脑袋——
它怎么在衣柜抽屉里呼吸!
"那是内衣吗,乖乖?"

"它闻起来像咸鳕鱼,你最好
刺一些丁香在一只苹果里,
做一只香囊或

灭掉这个杂种。

彻底灭掉它。"
"不,不,它在那里很快乐。"
"但它想要出来!
看,看!它正打算爬呢。"

天哪,塞子没了!
协和广场上的车子——
当心!
奔逃乱窜,奔逃乱窜——

犄角旋转,丛林嘶吼!
一瓶爆炸了的司陶特黑啤,
一腿松弛的泡沫。
你跌跌撞撞地出去,

侏儒婴儿,
这刀子刺进你的背。
"我很虚弱。"
这秘密公开了。

狱　卒

我夜里的盗汗油腻了他的早餐盘。
同一块蓝色雾的海报被推到它的位置
和同样的树木与墓碑一起。
这是他能做出的一切吗,
使钥匙咔咔作响?

我已被下了迷药并被强奸。
七个钟头神志不清
撞进一只黑色的麻袋
我在那里放松,胎儿或小猫,
他梦遗的杠杆。

某样东西不见了。
我安睡的航天舱,我红色与蓝色的齐柏林飞艇
使我从一个可怕的高度降落。
硬壳打碎,

我散入鸟喙之中。

哦，小手钻——
这纸一样的日子已然充满了多少孔洞！
他用香烟烫伤我，
假装我是一个有粉色爪子的黑女人。
我是我自己。那远远不够。

高烧滴淌并变硬在我的头发里。
我的肋骨显出。我吃了什么？
谎言和微笑。
确实天空不是那种颜色，
确实青草应该泛起涟漪。

整天，用胶水粘牢我烧过的火柴做的教堂，
我梦见的人完全是另一个。
而他，因这场颠覆
伤害我，他
和他伪装的武器，

他又高又冷的失忆症面具。
我是怎么到这地步的？

不确定的罪犯,
我有多种死法——
吊死,饿死,烧死,被钩子挂死。

我想象他
无能如遥远的雷声,
在谁的影子里我吃了我的鬼粮。
我希望他死掉或离开。
那样,似乎是,不可能。

了无牵挂。没有高烧可吃
黑暗会怎么办?
没有眼睛可切
光会怎么办,没有我
他会怎么,怎么,怎么办。

切　伤

　　——致苏姗·奥尼尔·柔 ①

多么兴奋——
是我的拇指而不是洋葱。
顶端全没了
只剩一片皮肤的

折页。
一只盖子像一顶帽子,
死一样煞白。
然后是红色长毛绒。

小朝圣者,
印第安人削开了你的头皮。
你的火鸡肉垂

---

① Susan O'Neill Roe,普拉斯成为单亲母亲时的保姆与密友。

地毯,从心脏

直接卷开。
我踩在上面,
紧抓我粉色气泡的
瓶子。

一场庆典,这是。
从一条缝隙
一百万士兵跑出来,
英国兵,每一个都是。

他们站在谁的一边?
哦,我的
侏儒,我生病了。
我已经吃了一片药杀死

那薄
纸般的感觉。
破坏者,
敢死队男——

你的纱布
三 K 党头巾上的
污点
变暗且玷污了,当

你心脏的
揉成团的纸浆
直面它沉默的
小磨坊

看你跳的——
做过环锯外科手术的老兵,
坏女孩,
残拇指。

榆　树
——致露丝·费恩莱特

我熟悉那底部,她说。我熟悉它用我巨大的主根:
那是你害怕的。
我不怕它:我到过那里。

你在我里面听到的是大海,
它的不满吗?
或者无的声音,那是你的疯狂?

爱是一片阴影。
在它之后看你怎样躺倒又哭喊
听听,这些是它的蹄子:绝尘而去,像一匹马。

整夜我将如此驰骋,慌慌张张,
直到你的头变成一块石头,你的枕头一小片草皮,
回响,回响。

或者我要不要给你带来毒药的声响?
此刻是雨,这大安静。
而这是它的果实:锡白色的,像砒霜。

我忍受过落日的暴行。
烧焦至根
我红色的灯丝燃烧并持续,一把电线。

现在我粉碎,棍棒一样飞来飞去。
一阵如此暴力的风
不容旁观:我必须尖叫。

月亮,也毫不怜悯:她会拖着我
残酷地,荒芜。
她的光辉伤害我。或者也许我抓住了她。

我让她走。我让她走。
减弱而单调,如同根治手术之后。
看你的噩梦怎么占据并赋予我。

我被一声哭喊寓居。

它夜夜振翅而出
用它的爪子，寻找东西来爱。

我惊骇于这沉睡在我之中的
黑暗的事物；
整天我感到它柔软，羽毛般转动，它的恶毒。

云彩经过并分散。
这些是爱的面孔，那些苍白的无可挽回的？
是因此我才搅动我的心吗？

我不能了解更多。
这是什么，这张脸
在它树枝的绞杀中如此残忍？——

它蛇的酸嘶嘶作响。
它惊呆了意志。这些是孤立的，缓慢的过错
足以杀伤，杀伤，杀伤。

夜　舞

一弯微笑落在草上。
不可挽回!

而你的夜舞将怎样
迷失它们自己。在数学里?

如此纯洁的跳跃和盘旋——
确实它们永远

周游世界,我不会完全
坐视美的流失,你细小

呼吸的赐福,你睡眠的
湿草气味,百合,百合。

它们的肉体毫不相关。

自我的寒冷折叠,马蹄莲,

以及虎纹百合,渲染自己——
斑点,和热烈花瓣的铺展。

彗星
有如此空间需要穿越,

如此寒冷、健忘。
于是你的姿态剥落——

温暖而人性,然后它们粉红的光
流着血并脱落

穿过天堂的黑色遗忘症。
为何我收到

这些灯火,这些星球
落下如赐福,如雪花

六边的,白的
在我的眼睛、嘴唇、头发上

触摸并融化。
无所驻留。

侦 探

当它吹进来时她在做什么
吹过七面丘陵、红色犁沟、蓝色大山?
她在布置杯子吗?这很重要。
她就在窗边,聆听吗?
在那条山谷中火车的尖叫回响如同铁钩上的灵魂。

那是死亡之谷,尽管牛儿长得正壮。
在她的花园里,谎言甩出它们潮润的丝绸
而杀手的眼睛如蛞蝓般缓缓移动并扫视,
不能面对这些手指,这些自我中心主义者。
这些手指正把一个女人夯进一面墙里,

压实一具尸体进入一根管子,烟升起来了。
这是连年燃烧的气味,在厨房这儿,
这些是欺骗,像家庭照钉挂着,
而这是一个男人,看看他的微笑吧,

致命的武器?没有人死去。

房子里根本没有尸体。
有擦亮剂的气味,有长绒地毯。
有阳光,玩着它的刀片,
厌倦的暴徒在红房间里
那儿收音机自言自语像个年长的亲戚。

它到来像一支箭,它到来像一把刀?
它是哪种毒药?
哪种神经卷夹、振动器?通电吗?
这是没有尸体的案子。
尸体根本没有参与。

这是一桩蒸发案。
首先是嘴巴,它的失踪直到
第二年才被报警。之前它贪得无厌
而在惩罚中它被晾晒如同棕色的果实
枯萎并干瘪。

接着是乳房。
它们比较硬,两块白石头。

乳汁起先是黄的，接着是蓝的，甘甜似水。
不缺嘴唇，有两个孩子。
但他们瘦骨嶙峋，而月亮微笑。

接着是干木头，门，
棕色的慈母般的犁沟，整个住宅。
我们在空中漫步，华生①。
只有月亮，在磷光中被保存。
只有一只乌鸦在树上。记下来。

---

① 即约翰·H. 华生医生，阿瑟·柯南道尔《福尔摩斯探案全集》中的虚构人物。

爱丽尔

黑暗中的静止。
然后是突岩和距离的
空寥蓝色的倾泻。

上帝的母狮子,
我们如此合一,
脚后跟与膝盖的回转!——犁沟

分开又消失,我抓不住
脖子的
棕色弧线的妹妹,

黑鬼目莓
抛掷暗色的
钩子——

满口黑甜血红,

阴影。

另有其物

运送我穿过空气——

大腿,毛发,

我脚后跟的剥落。

洁白的

戈黛娃①,我剥开——

死亡的手,死亡的严格性。

而此刻我

小麦的泡沫,大海的闪烁。

孩子的哭喊

融化在墙里。

而我

是那箭,

---

① 英国传说故事中美丽而勇敢的伯爵夫人,为阻止伯爵向百姓征收重税,戈黛娃裸身骑马绕城一周。英国画家约翰·柯里尔有名画《马背上的戈黛娃夫人》(1897)。

那露珠飞行
自杀一般,和驰骋一道
进入那红色

之眼,早晨的海釜。

死亡公司

两个。当然有两个。
现在似乎完全自然——
一个从不抬头的人,眼睛带着眼帘
鼓着眼球,像布莱克的,
他展示

作为他的特征的胎记
沸水烫伤的痕迹,
秃鹫
裸露的铜绿。
我是红肉。他的喙

横斜着拍打:我还不是他的。
他告诉我我不上照。
他告诉我婴儿们
在他们医院的冰柜里是多么

甜美，脖子上

一条朴素的褶边，
接下来是他们爱奥尼亚式的
死亡长袍上的凹槽，
然后两只小脚。
他不微笑或抽烟。

另一个会这样做，
他头发长长值得喝彩。
狗杂种
手淫着一种灿烂，
他想要被爱。

我不兴奋。
霜结成一朵花，
露凝成一颗星。
死亡之钟，
死亡之钟。

某人死定了。

麦 琪[①]

抽象之象悬浮如模糊的天使：
没有像一个鼻子或一只眼睛般的粗俗之物
突出他们脸蛋轻飘飘的空白。

他们的洁白无关乎洗净的衣物，
雪、粉笔或诸如此类。的确，他们
是真实的事物：善，真——

有益纯粹像开水，
无爱如同乘法表。
当孩子微笑着进入虚空。

在世上六个月，她已经能够

---

① Magi，《圣经》故事中的东方三博士。相传耶稣诞生时，三位智者自东方来，赠以黄金、乳香和没药，这三样礼物预示了耶稣的未来命运。

四脚着地摇晃如一张带衬垫的吊床。
对于她,恶的沉重观念

守护她的小床还不如一场肚子痛,
而爱,奶水的母亲,不是理论。
他们弄错了他们的星星,这些纸一般的上帝之民。

他们想要某个脑袋灵光的柏拉图的婴儿床。
让他们以自己的功德震惊他的心。
有哪个女孩能在这种陪伴下茁壮成长?

莱斯波斯岛 ①

厨房里的恶毒!
土豆嘶嘶响。
完全好莱坞式的,没有窗,
荧光灯不时地畏缩着就像一阵可怕的偏头痛,
羞答答的长纸条做门——
幕布,寡妇的蓬乱卷发。
而我,爱,是一个病态的骗子,
而我的孩子——瞧她,脸冲下在地板上,
小小的断了线的木偶,为了消失而踢腿——
哦,她是个精神分裂者,
她的脸又红又白,一种恐慌。
你已把她的那些小猫丢在了你的窗外
在某种水泥井下

---

① 希腊爱琴海第三大岛屿,诗人萨福出生于该岛,并在岛上开办学校,专收女弟子,相传萨福的很多诗篇是她为所爱的女子所作,莱斯波斯岛也成了女同性恋文化的起源地。

它们又拉又吐又叫而她却听不见。
你说你受不了她,
那狗杂种是个女孩。
你已吹坏你的管子就像一台坏了的收音机
没有了声音和历史,嗞嗞静电
新的噪声。
你说你应该淹死那些小猫。它们的味儿!
你说你应该淹死我的女孩。
她会在十岁时割断她的喉咙如果她两岁时发疯。
婴儿微笑,肥胖的蜗牛,
从橙色油毡上的磨光的止咳糖含片。
你可以吃掉他。他是个男孩。
你说你丈夫对你一点都不好,
他的犹太妈妈守护他甜蜜的性像一颗珍珠。
你有一个孩子,我有俩。
我应该坐在远离康沃尔郡的一块岩石上梳头发。
我应该穿虎皮斑纹的裤子,我应该有一场外遇。
我们应该在另一辈子相识,我们应该相遇在空中,
我和你。

同时有一股肥肉与婴儿屎的恶臭。
我昏沉而粗重因为我最后的一片安眠药。

烧菜的烟雾，地狱的烟雾
飘着我们的头颅，两个有毒的对手，
我们的骨头，我们的头发。
我叫你孤儿，孤儿，你生病了。
太阳给你溃疡，风给你肺结核。
曾经你是美丽的。
在纽约、好莱坞，男人们说过："完了吗？
嗨，宝贝，你很特别。"
你演了，演了，为了刺激而演。
阳痿的丈夫颓唐地出去喝咖啡。
我试着让他留下来，
一根旧柱子，为了那闪电，
酸浴，以及从你流出的满天的。
他跌跌撞撞地走下铺着鹅卵石的塑料小山，
被鞭打的手推车。火花是蓝色的。
蓝色的火花溢出，
如石英分裂成一百万小碎块。

哦，宝石。哦，财宝。
那天夜里月亮
拉着它的血袋，生病的
动物

穿过海港的灯。

而接着变得正常,

坚硬、分离、洁白。

沙上的磷光把我吓死了。

我们一直满把满把地捧起,爱着它,

揉弄它像生面团,一个白黑混血的身体,

丝绸的细沙。

一条狗带走了你的狗丈夫。他们继续向前。

现在我沉默,仇恨

堆到齐我的脖子高。

浓厚,浓厚。

我啥也不说。

我打包硬土豆像上好的衣服。

我打包婴儿,

我打包生病的猫。

哦,装着酸的花瓶,

你装满的是爱。你知道你恨谁。

他拥抱他的锁链在下面朝向

大海敞开的门边

那里大海驶入,白浪黑涛,

然后吐回。

每天你用灵魂之物把他倒满,如一只大水罐。

你精疲力竭。
你的声音我的耳铃,
拍打着吮吸着,爱血的蝙蝠。
就这样,就这样。
你在门边察看,
可悲的老妖婆。"每个女人都是婊子。
我无法交流。"

我看到你可爱的装饰
围裹你如同婴儿的拳头
或者一只海葵,那海里的
情人,那偷窃癖。
我依然很生疼。
我说我也许会回来。
你知道谎言是为了什么。

即使在你的禅天堂我们也不会相遇。

另一个

你回来晚了,擦着嘴唇。
我把什么未曾碰触地留在了门阶——

白色胜利女神,
在我的墙之间流动?

笑眯眯地,蓝色闪电
承受,就像一根肉钩子,他各部分的负担。

警察爱你,你坦白一切。
明亮的发,鞋子的黑,旧的塑料,

我的生活那么迷人吗?
是不是为此你加宽了你的眼圈?

是不是为此空气尘埃离散了?

它们不是空气尘埃，它们是细胞。

打开你的手提包。那臭味是什么？
是你的编织物，匆忙地

把自己和自己勾连，
是你发黏的糖果。

我的墙上有你的头。
脐带，红蓝色的，透明的，

箭一般从我肚子里呼啸而出，而我骑着这些。
哦，月光，哦，病者，

那些被偷走的马，那些通奸
环绕一个大理石的子宫。

你要去哪里
你吸气就像里程累积？

硫黄的私通在一个梦中哀恸。
冰冷的玻璃，你竟把你自己插入

我和我自己之间。
我乱抓一气像一只猫。

流出来的血是暗淡的果实——
一种效果,一种化妆品。

你微笑。
不,它并不致命。

猛 停

刹车的一声嘶叫。
或者是出生的哭喊?
而我们在这里,悬在危崖边缘
叔叔,裤子工厂的胖子,百万富翁。
而你失去知觉在我旁边你的椅子里。

轮子,两只橡胶蛆虫,咬着它们的甜尾巴。
下面那里是西班牙吗?
红与黄,两种激情火热的金属
扭动着叹息着,是什么样的一种风景?
不是英格兰,不是法兰西,不是爱尔兰。

是狂暴的。我们在这里参观,
某个地方有一种他妈的婴儿尖叫声。
空中总有一个该死的婴儿。
我会称之为日落,但是

谁听到过日落像那样号叫?

你沉入你的七层下巴中,安静如火腿。
你觉得我是谁,
叔叔,叔叔?
悲伤的哈姆雷特,带着一把刀?
你把你的生活藏在了哪儿?

是一分钱,一颗珍珠——
你的灵魂,你的灵魂?
我会像一个有钱的美女把它带走,
只需打开门,从车里走出
并住在直布罗陀,以空气,空气为生。

十月的罂粟花

——给赫尔德和苏泽特·马切朵

就连今天早上的云霞也裁不出这类裙子。
这个在救护车里的女人也如此
她的红色心脏穿过她的外套惊人地盛开——

一件礼物,一件爱的礼物
完全不被一片天空
所请求

苍白而火焰般地
点燃它的一氧化碳,也不被圆顶礼帽下
晦暗到停滞的眼睛所请求。

哦,天哪,我成了什么
这些逝去的嘴巴叫喊着张开
在一座霜冻的森林,在一个矢车菊的黎明。

闭嘴的勇气

合上嘴巴的勇气,尽管有大炮!
线条粉红又安静,一条蠕虫,享受着。
它后面是黑色的唱片,愤慨的唱片,
以及一片天空的愤慨,它带纹线的大脑。
唱片旋转,要求被听到,

挤满了,就这样,带着私生的信息。
私生、利用、离弃与两面性,
针旅行在它的刻槽里,
银色野兽在两个黑暗的峡谷之间,
一个伟大的外科医生,现在是一名刺青师,

反反复复把这些相同的蓝色牢骚,
蛇,婴儿,奶子
刺在美人鱼和两条腿的梦幻女郎身上。
外科医生安安静静,他不说话。

他看到过太多的死,他的双手充满了死。

就这样大脑的唱片旋转,像加农炮的炮口。
接着有那种古老的砍刀,舌头,
不知疲倦,紫色。要不要割掉它?
它有九条尾巴,它很危险。
而一旦它活起来,就从空中打出这般噪声。

不,舌头,也一样,被搁在一边
挂在图书馆里,和仰光的版画一起
以及狐狸头、水獭头、死兔头。
它是个奇妙的物体,
它一生中刺穿过多少东西!

但这双眼睛如何呢,眼睛,眼睛?
镜子能够杀戮也能说话,它们是可怕的房间
在那里发生着一种只能被观看的折磨。
那生活在这镜子里的脸是一个死男人的脸。
别操心这双眼睛——

它们也许是白色的、害羞的,它们不是诱鸟,
它们的死亡射线折叠,像一个

已被遗忘的国家的旗帜,
一个顽强的独立国家
在群山之中破产。

尼克与烛台

我是一名矿工。光燃烧呈蓝色。
蜡质的钟乳石
滴下并变厚,眼泪

渗出泥土的子宫
从它死去的厌倦里。
黑色蝙蝠的气息

裹住我,破烂的围巾,
冷血的谋杀。
他们像梅子黏牢我。

钙质冰柱的古老
洞穴,古老的回声者。
就连蝾螈都是白的。

那些牧师。
以及那些鱼,那些鱼——
天哪!它们是冰的栅格,

刀的一件恶行,
一条食人鲳的
宗教,从我

活着的脚趾饮着它的第一次圣餐。
蜡烛
吞咽并找回它小小的高度,

它的各种黄色振奋着。
哦,亲爱的,你怎么来到这里?
哦,胎儿

即使在睡眠中,也记着
你蜷曲交叉的姿势。
红宝石,在你之中

血盛开洁净。
你醒来的

痛苦不是你的。

亲爱的,亲爱的,
我已在我们的洞穴里悬挂玫瑰,
和柔软的毯子——

那维多利亚时代遗下的物件。
让星星
骤降到它们黑暗的地址,

让致残的
水银原子滴进
这可怕的井中,

你是唯一的
实体,空间依赖、嫉妒你。
你是谷仓里的孩子。

伯克海滨[①]

1

这是海,亦即,这伟大的暂停。
太阳的药膏如此吸收我的炎症!

炫彩的冰糕,被苍白的女孩
从冻结中挖出,在烤焦的手里作空中旅行。

为何如此安静,他们隐藏着什么?
我有两条腿,我含笑着行动。

一台减震器杀死各种摆动;
它伸展了几英里,收缩的声音

---

① 伯克海滨位于法国北部。

摇摆着，没有拐杖，只有它们原本的一半大小。
眼睛的线条被这些光秃的表面烫伤。

反弹像被固定的松紧带，伤害着主人。
他戴上墨镜又有什么稀奇呢?

他披挂一件黑色长袍又有什么稀奇呢?
他来了，在这些鲭鱼捕集者中间

他们紧挨着背靠着他。
他们正抓着黑色和绿色的菱形就像一个身体的各个部分。

大海，那使这些结晶的大海，
爬离，有如许许多多的蛇，带着长长的悲恸嘶嘶声。

2

这黑靴子对任何人都没有慈悲。
它何必有，它是一只死脚的灵车，

这位牧师高尚的、死去的脚，没有趾头
他探测他书本的源泉，

在他面前弯曲的印刷体膨胀如风景。
淫秽的比基尼藏在沙丘里,

丰乳肥臀是一种小水晶的
糖粒,挑逗着光,

当绿色的池塘张开眼睛,
恶心于它吞下的一切——

肢体,意象,尖叫。在水泥掩体背后
两个情人扯开他们自己。

哦,白色的海陶,
怎样的杯形叹息,怎样的盐在喉咙里!

而旁观者,发着抖,
像一条长长的织物被拖曳着

穿过一丝宁静的恶毒,
而一株杂草,多毛如私处。

3

在宾馆的阳台上,事物在闪烁。
事物,事物——

钢管轮椅,铝拐杖。
如此的咸甜滋味。我为什么要走出

点缀着藤壶的防波堤?
我不是护士,洁白的、相伴的,

我不是微笑。
这些孩子在追逐某样东西,用钩子和哭喊,

而我的心太小,无法包扎他们可怕的过失。
这是一个男人的侧影:他红色的肋骨,

神经树一样爆炸,而这是位外科医生:
一只镜子般的眼睛——

知识的一面。
在一间屋子里有条纹的床垫上

一个老人正在消失。
他哭泣的妻子不给他任何帮助。

眼睛的石头在哪里呢，金黄而贵重，
还有那根舌头，灰烬的蓝宝石。

4

纸做的褶边内一张婚礼蛋糕面孔。
现在他多么高端。

就好像拥有着一个圣人。
戴着燕帽的护士们已经没有那么美；

她们正在枯黄，像被触摸过的栀子花。
床从墙边推离。

这就是所谓完满。很恐怖。
他穿的是睡衣还是晚礼服

在粘好的被单下他搽粉的鹰钩鼻

凸起，如此发白，不受冲击？

她们用一本书支撑他的下巴直到它变硬
合拢他的双手，它们挥动着：再见，再见。

现在洗过的被单在阳光下飞动，
枕套有了甜香。

这是一种赐福，这是一种赐福：
长长的皂色橡木棺材，

稀奇的抬棺人，以及以非凡的安静
把它自己雕刻在银子上的生疼的日期。

5

灰色的天空低垂，丘陵如同一片绿海
一叠一叠流向远方，隐藏起它们的山谷，

在山谷里妻子的思想摇动——
直率而实用的船

装满裙子、帽子、陶瓷和已婚的女儿。
石屋的客厅里

一条窗帘从打开的窗子里闪耀,
闪耀并倾泻,一支可怜的蜡烛。

这是死去男人的舌头:记住,记住。
他现在多么遥远,他的行为

在他周围像客厅的家具,像装饰。
当死白聚集——

双手与友善面孔的死白,
飞舞的鸢尾花欢悦的死白。

它们飞走,进入空无:记住我们。
记忆的空长凳俯看石头,

蓝色纹理的大理石房屋正面,以及果冻玻璃杯的水仙花
这里如此美:是一个驻留之地。

6

这些椴树叶反常的肥胖!——
被修剪成绿球,树木向着教堂迈步。

牧师的声音,在虚空中,
迎来门口的尸体,

招呼它,当丘陵使死亡钟声的音符滚动;
小麦和天然土的一闪。

那种颜色的名字是什么?——
太阳愈合干硬墙皮的旧血,

残肢的旧血,烧伤的心脏。
带着黑色手袋的寡妇和她的三个女儿,

在花丛中必不可少,
她的脸折叠像上乘的亚麻布,

不再被展开。
当一片天空,蠕虫般带着储存的微笑,

穿越一朵接一朵的云。
而新娘之花耗尽一种新鲜,

而灵魂就是新娘
在一处安静之所,新郎是红色的健忘的,他毫无特色。

7

在这辆车的玻璃后面
世界轰隆作响,隔离而温柔。

我穿着深色正装,安安静静,是这群人中的一个。
在灵车后面低挡滑行。

而牧师是一个容器,
一块污脏的织物,可悲又晦暗,

跟随如一个美人的铺花灵车上的棺材,
乳房、眼皮和嘴唇的浪峰

攻占了小山顶。

然后,从有木栅栏的院子里,孩子们

闻到黑鞋油熔化的气味,
他们的脸转动,无声而缓慢,

他们的眼睛看到了
一件奇妙的事物

草地上六顶黑圆帽和菱形木头,
还有一张赤裸的嘴巴,红红的、尴尬的。

片刻间天空注入这个洞,如同血浆。
没有希望,它被放弃了。

格列佛

你的身体之上行云
高高而冰冷
有一点平坦,就好像它们

在不可见的玻璃上飘浮。
不像天鹅,
没有倒影;

不像你,
没有任何束缚。
彻底冷静,彻底蔚蓝。不像你——

你,仰卧在那里,
眼睛朝着天空。
蜘蛛人已经抓住了你,

缠着绕着他们小小的脚镣,

他们的贿赂——

这么多的丝。

他们多么恨你。

他们在你手指的山谷里交谈,他们是槐蚕。

他们想要你睡在他们的柜橱里,

这根脚趾和那根脚趾,一个遗迹。

走开!

走到七里格^①外,就像在克利韦利^②绘画中

旋转的那些远景,不可触及。

让这只眼睛成为鹰,

这嘴唇的影子,一个深渊。

---

① 里格(league),长度单位,1 里格约等于 3 英里,即 4.827 公里。
② Carol Crivelli(1430—1495),意大利文艺复兴时期的画家。

到那里

有多远?
现在还有多远?
巨型猩猩车轮的内部
移动,它们吓坏我——
克虏伯[①] 可怕的
大脑,黑色炮口
旋转,声音
冲压着不在!像加农炮。
我不得不穿越的是俄罗斯,那是某场战争或另一场。
我拖着我的身体
安静地穿过闷罐车里的麦秸。
现在是贿赂的时候了。
车轮吃什么,这些轮子
神一样地固定在它们的弧形上,

[①] Alfred Krupp(1812—1887),德国军火制造商。

意志的银色皮绳——
不屈不挠。它们的骄傲!
神只知道目的地。
我是一封信在这个缝隙里——
我飞向一个名字,两只眼睛。
会有火,会有面包吗?
这里如此泥泞。
是一座火车站,护士们
忍受着水龙头的水,它的面纱,一所女修道院里的面纱,
触摸着他们的受伤者,
血仍然涌出的男人们,
腿、胳膊堆叠在
无休无止的哭喊的帐篷外面——
一所玩偶的医院。
而男人们,他们剩下的部分
被这些活塞、这血液向前抽出
进入下一个英里,
下一个小时——
碎箭的王朝!

还有多远?
泥浆在我脚上,

厚厚的，红红的，滑滑的。是亚当的身侧，
我从这块土地站起来，并且我剧痛。
我不能解脱自己，而火车冒着蒸汽。
冒着蒸汽并呼吸着，它的牙齿
准备碾动，像一个魔鬼的牙齿。
在它的尽头有一分钟
一分钟，一滴露珠。
还有多远？
它如此微小
我要到达的地方，为什么有这些障碍——
这个女人的身体，
烧焦的裙子和死亡面具
被宗教人物、戴花环的孩子们哀悼。
而现在爆炸声——
雷电和枪响。
我们之间的战火。
是否没有安静的地方
在半空中转动又转动，
未被触及也不可触及。
火车拖着它自己，它尖叫着——
一头动物
为目的地疯狂，

这血斑,
照明弹终端的这张脸。
我将埋葬伤者如虫蛹,
我将计数并掩埋死者。
让他们的灵魂在一滴露水中扭动,
在我的铁轨上焚香。
车厢摇动,它们是摇篮。
而我,从这古老的绷带,
厌倦,和古老脸庞的皮肤中走出

走向你,从忘川黑色的车中,
纯洁如一个婴儿。

美杜莎

远离那些石头口塞的那片陆岬,
眼睛被白色的棍棒碾动,
耳朵托拢着大海的语无伦次,
你安置你让人不安的脑袋——上帝之球,
仁慈的晶体,

你的配角
供应她们野蛮的细胞在我龙骨的影子里,
推动而过像心脏一般,
红色的斑点在那最中心,
驾驭着激流去往最近的分离点,

拖曳着她们耶稣的头发。
我逃开了吗?我在想。
我的内心朝着你蜿蜒而去,
沾着藤壶的古老的脐,大西洋电缆,

保持它自己，似乎，在一种神奇的修复中。

总之，你一直在那儿，
颤抖的呼吸在我线路的尽头，
水的弧线向上跳跃
到我的测水杆上，耀眼而感激，
触摸着，吮吸着。

我没有叫你，
我根本没有叫你。
然而，然而
你冒着蒸汽越洋而至，
又胖又红，一个胎盘

麻痹着打闹的情人。
眼镜蛇的光
挤榨来自灯笼海棠的
血铃的呼吸。我无法吸气，
死去，并不名一文，

过度曝光，像一张 X 光片。
你以为你是谁？

一块圣饼?哭嚷的玛利亚?
我不会咬一口你的身体,
我居住的瓶子,

可怕的梵蒂冈。
我受够了热盐。
像太监一样绿,你的希望
冲着我的罪恶发出嘶嘶声。
滚开,滚开,鳗鱼般的触角!

我们之间毫无瓜葛。

帷　幕

玉——
那一面的石头，
青葱亚当

受苦的那一面，我
微笑，盘着腿，
捉摸不透，

移动着我的透明度。
如此珍贵。
太阳磨光这块肩膀！

而如果
月亮，我
不倦的表妹

升起,带着她不治的苍白,
拖曳着树——
丛生的小小珊瑚虫,

小小的网,
我的能见度隐藏。
我闪亮如一面镜子。
在这块磨光面中新郎到达,
众镜之主。
是他指导他自己

进入这些丝绸的
屏风中间,这些沙沙响的附属物。
我呼吸,而嘴巴的

纱罩移动它的帘幕。
我眼睛的
纱罩是

彩虹的一连串。
我是他的。
即使他

不在，我还

在我的不可能

之鞘中旋转，

贵重而安静

在这些小鹦鹉，金刚鹦鹉中间。

哦，喋喋不休者

睫毛的侍者！

我会释放

一根羽毛，像孔雀。

嘴唇的侍者！

我会释放

一枚音符

砸碎着

整天使用

其水晶的空气

枝形吊灯，

一百万无知者。
侍者!

侍者!
而他迈出下一步时
我会释放

我会——
从这块他守卫如一颗心的
小小的宝石玩偶中——

释放母狮子,
释放浴缸里的尖叫,
释放破洞的斗篷。

月亮与紫杉树

这是内心之光,寒冷,行星一般。
内心之树是黑的。光是蓝的。
杂草把它们的悲伤倾泻在我的双脚上仿佛我是上帝,
刺痛我的脚踝并低诉着它们的谦卑。
冒气的、缥缈的薄雾栖息在这个地方
一行墓碑将我的房子与之隔开。
我完全看不出有什么地方可以到达。

月亮不是门。它本身是一张脸,
苍白似一块指关节并极度心烦意乱。
它身后拖着一片大海像一桩罪行;它安静
带着完全绝望的 O 形大口。我住在这里。
星期天两次,钟声惊吓天空——
八种巨大的舌头确认着耶稣复活。
最终,它们肃穆地发出当当声叫出自己的名字。

紫杉树一律向上。它有着哥特式的外形。
眼睛随之抬起并发现了月亮。
月亮是我的母亲。她不像玛利亚那么甜蜜。
她的蓝衣释放小小的蝙蝠与猫头鹰。
我多么想相信温柔——
这肖像的脸,因蜡烛而温和,
特别专注于我,它柔和的目光。

我已经坠落得很远。云朵盛开
蓝色而神秘,在群星的面前。
教堂里面,圣人们也都会是蓝色的,
他们精美的双脚飘过冰冷的教堂长椅,
他们的手和脸因神圣而呆板。
月亮看不到这一切。她赤裸而野蛮。
紫杉树的寓意是黑暗——黑暗和静默。

生日礼物

这是什么,在这纱幔后面,它丑吗?美丽吗?
它闪着光,它有乳房、有边沿吗?

我肯定它是独特的,我肯定它就是我想要的。
当我平平静静做着饭我感觉它看着,我感觉它想着

"是我将为之而出现的那一个,
是被选定的那一个,带着黑眼圈和一块伤疤的那一个?

量着面粉,除去那多余的,
依照规则,规则,规则。

是天使报喜的那一个吗?
天啊,多可笑!"

但它闪光,不停,而我觉得它要我。

我不会在意它是骨头,还是珍珠纽扣。

不管怎样,今年,我也不需要什么好礼物。
毕竟我活着只是偶然。

那一次我乐意采用任何方法杀死我自己。
现在有这些纱幔,闪光正如窗帘,

一月的窗户上这些半透明的缎子
像婴儿床单般闪烁着死亡的呼吸。哦,象牙白!

那里肯定是一枚獠牙,一根幽灵柱。
难道你没看出我不在意它是什么。

难道你不能给我吗?
不要羞愧——即使它很小我也不在意。

别小气,我已为巨大有所准备。
让我们入席,一人坐在它的一边,欣赏它

闪亮的、上光的、镜子般的多样性。
在它旁边吃我们最后的晚餐,就像一只医院的盘子。

我知道你为什么不愿意把它给我，
你恐惧

这个世界会在一声尖叫里毁灭，还有你的头颅，
带浮雕的、黄铜制的，一块古老的盾牌，

你曾孙们的一个奇迹。
不要害怕，它不如此。

我只会带着它并平静地走开，
你甚至不会听见我打开它，没有纸的噼啪声，

没有丝带落下，没有最后的尖叫。
我不认为你会相信我如此慎重。

要是你真的知道这些纱幔正怎样毁掉我的日子该多好。
对你它们只是透明物，干净的空气。

可是天哪，云朵如同棉花——
云的军队。它们是一氧化碳。

香甜,我香甜地吸气,
我的血管里充满不可见,以及百万的

可能的尘埃把岁月从我的生命中勾销。
你为这个场合穿上银色套装。哦,加法机——

对你来说放弃和彻底离弃某个东西是不可能的吗?
难道你必须将每一块都盖上紫色的印章?

难道你必须杀死你能杀死的吗?
今天有一样东西我想要,只有你能够把它给我。

它站在我的窗前,像天空那么大。
它从我的床单里呼吸,寒冷死去的中心

那里被泼出的生命冻结而变硬成为历史。
不要让它通过邮件以手指递给手指的方式传过来。

不要让它来自口头通知,等到它全部被送到的时候
我就该六十岁了,已麻木得不能用它。

只是放下纱幔,纱幔,纱幔。

如果它是死亡

我会欣赏它深深的重力,它永存的眼睛。
我会知道你是严肃的。

这样会有一种高贵,会有一个生日。
而那把刀不会剖开,而是进入

纯洁、干净如一个婴儿的哭声
而宇宙从我身体的一侧滑落。

十一月的信

吾爱,世界
突然变了,变了色彩。早晨九点
街灯切入鼠尾般的
金链花豆荚。
这是北极,

这小小的黑
圈,有着它棕黄的丝草——婴儿的发。
空气中有一种绿,
柔软,令人喜爱。
它充满爱意地抚慰我。

我涨红而变暖。
我想我可能是巨大的,
我如此蠢地高兴,
我的长筒雨靴

吧唧吧唧地穿过这美丽的红。

这是我的土地。
每天两次
我用脚步丈量它,嗅着
那带着浓绿荷叶边的
野蛮的冬青树,纯粹的铁,

以及整墙古老的尸体。
我爱它们。
我爱它们就像历史。
苹果是金色的,
想象它——

我的七十棵树
举着它们金红色的球
在一片浓密的灰色死亡之汤中,
它们一百万的
金叶子,金属般透不过气来。

哦,吾爱,哦,禁欲者。
只有我

走在齐腰深的湿里。

那不可代替的

金色流淌并变深,那塞莫皮莱①之出入口。

---

① 塞莫皮莱(Thermopylae),希腊东部一片多岩石的平原,亦称温泉关,波希战争中著名的温泉关战役使世人了解到温泉关这个易守难攻的隘口。

健忘症

没用,没用,如今,乞求着认可。
对如此美丽的一个空白无能为力只能消除它。
名字,房子,车钥匙,

这小小的玩具妻子
被擦掉,叹息,叹息。
四个小孩和一条可卡犬。

蠕虫大小的护士们和一位袖珍大夫
把他裹好。
过去的事

从他的皮肤中剥落。
冲走这一切吧!
抱住他的枕头

就像抱着他从不敢碰触的红头发妹妹,
他梦见一个新的——
不孕的,他们都不孕。

而且是另外一种颜色。
他们会旅行,旅行,旅行,风景
从他们的兄弟姐妹身后发着光,

一条彗星的尾巴。
还有金钱,这一切的精液。
一名护士带进来

一杯绿色饮料,另一名带来蓝色的。
她们在他两侧升起如同星星。
两杯饮料燃烧着,起泡

哦,妹妹,母亲,妻子,
甜蜜的忘川是我的生命。
我永远,永远,永远不会回家!

对　手

如果月亮微笑,她会像你。
你们留下同样的印象
美丽的,毁灭性的。
你们都是杰出的借光者。
她的 O 形嘴因世界而悲伤;你的却不受影响。

而且你的第一天赋是让一切变成石头。
我醒来身处一座陵墓;你在这里。
在大理石桌子上敲着你手指,寻找香烟,
刻毒如一个女人,但不那么紧张,
而且急于说出不可回答的话。

月亮,也一样,贬损她的臣民,
但在白天她是荒唐的。
你的不满,反而
通过带有爱的规律的邮件槽到达,

白色，空空的，辽阔如二氧化碳。

没有一天免受你的信息，
也许在非洲漫步，但思念着我。

爹　爹

你不行，你不行
不再行，黑色的鞋
我在那里住过，像一只脚
住了三十年，又穷又白，
几乎不敢呼吸或打喷嚏。

爹爹，我本该杀死你。
我还没来得及你却死了——
大理石一样重，一袋子上帝，
可怕的雕像有一根灰脚趾，
大如一头旧金山海豹

而一个脑袋在古怪的大西洋
它涌出豆绿漫过了蔚蓝
在美丽的瑙塞特那边的水域。
我过去常为找回你而祈祷。

哦,你。

在德语里,在一个波兰小镇
它被战争、战争、战争的
巨碾刮平。
但是小镇的名字很平常。
我的波兰佬朋友

说有一打或两打呢。
所以我一直搞不清你在哪里
安放你的脚,你的根。
我从未能跟你说话。
舌头卡在我的下颌。

它卡在带刺的铁丝网陷阱里。
我,我,我,我。
我几乎没法说话。
我以为每个德国人都是你。
而这语言很下流

一台发动机,一台发动机
嚓嚓嚓带我走就如带走一个犹太人。

一个被带去达豪、奥斯维辛、贝尔森的犹太人。
我开始像犹太人一样讲话。
我感觉我很可能就是犹太人。

蒂罗尔的雪，维也纳的清啤酒
并不纯洁或正宗。
拥有我的吉普赛女祖先和我的怪运气
以及我的塔罗牌，我的塔罗牌
我可能真有几分像犹太人。

我一直害怕你，
怕你的德国空军，你的官腔。
和你整齐的胡子
还有你雅利安人的眼睛，湛蓝色。
装甲男，装甲男，哦，你——

不是上帝而是一个纳粹卐字符
太黑了任何天空都不能穿过。
每个女人都崇拜一个法西斯分子，
靴子在脸上，一个残暴者
残暴又残暴的心，像你。

你站在黑板前,爹爹,
在那张我保留有你的照片里,
有一道裂缝在你的下巴而不是脚上
但这并不是说你就不是个魔鬼,也不是
说你就不是那个把我漂亮的红色的

心咬成两块儿的黑人。
我十岁时他们埋葬了你。
二十岁时我试着去死
以便回到、回到、回到你身边。
我想就算是骨头也可以

但他们把我从麻袋里拖出来,
他们用胶水把我粘在一起。
然后我知道该做什么了。
我做了一个你的模型,
一个穿黑衣的男人,带着《我的奋斗》的模样

和对刑架与拇指夹的爱。
然后我说我愿意,我愿意。
所以,爹爹,我终于完了。
黑色的电话在根部离线,

声音刚好不能蠕动着通过。

如果我杀死了一个男人,我就杀死了两个——
那吸血鬼说他就是你
吸了我一年的血,
七年,如果你真想知道。
爹爹,你现在可以安息了。

你肥胖的黑色心脏里有一根刑柱
而村民们从未喜欢过你。
他们在你身上跺着脚,跳着舞。
他们一直知道是你。
爹爹,爹爹,你这混蛋,我不干了。

你　是

小丑般，双手撑地最快乐，
双脚向着星星，而颅骨月亮般，
像条鱼一样有鳃。一个常识
否定渡渡鸟的方式。
卷绕自己就如一根线轴。
拖网你的黑暗好似猫头鹰。
缄默像一根萝卜，从七月
四日到愚人节，
哦，高高膨起，我的小面包。

模糊如雾，期待像邮件，
比澳洲更遥远。
弯腰的阿特拉斯，我们游历四方的斑节虾。
紧致如花蕾自在得
好像腌黄瓜罐子里的一条鲱鱼。
一鱼篮鳗鱼，涟漪满满。

跳跃如一枚墨西哥豆。
正确,就像一种算好的总数。
一块洁净的石板,上面映着你的脸。

高烧 103 度

纯洁？什么意思？
地狱的舌头
是迟钝的，迟钝如迟钝

肥胖的塞柏耳斯的三重舌头
它在门边喘息。不能
舔干净

打着寒颤的肌腱，罪恶，罪恶。
导火索哭喊。
一支熄灭的蜡烛

擦不掉的气味！
吾爱，吾爱，低低的烟
从我身上滚过像伊莎多拉的围巾，我恐怕

一条围巾会缠住并锚定在轮子里。
如此悲哀的黄烟
制造它们自己的元素。它们不会升起,

但会在地球上滚动
呛死了那些老人和温顺者,
脆弱的

小儿床里的温室婴儿,
鬼一般的兰花
悬吊在它空中的悬浮花园,

残忍的金钱豹!
辐射使它变白
一小时内杀死它。

在通奸者的身体上涂油
就像广岛的灰并吞噬着。
罪恶,罪恶。

亲爱的,整夜
我闪烁着,关,开,关,开。

床单变重,如纵欲者的吻。

三天。三夜。
柠檬水,鸡肉
汁,水汁让我干呕。

我太纯洁,对你或任何人。
你的身体
伤害我有如世界伤害上帝。我是一只灯笼——

我的头,一枚日本纸
做的月亮,我被槌打过的金色皮肤
无比精致,无比昂贵。

难道我的热不会使你震惊。还有我的光。
独自一人我是一朵巨大的山茶花
发着光来来去去,红晕叠叠。

我想我在向上,
我想我会升起——
热金属的小念珠飞溅,而我,吾爱,我

是纯洁的乙炔
处女
被玫瑰、亲吻

和小天使,
以及这些粉色的东西所代表的意义陪伴。
不是你,也不是他

不是他,不是他
(我的众多自我消溶,老妓女的衬裙)——
陪伴我去天堂。

蜜蜂的聚会

这些在桥边等我的人是谁?他们是村民——
牧师,接生婆,教堂司事,蜜蜂代理人。
穿着我无袖的夏日连衣裙我没有任何保护,
而他们都戴着手套穿着防护服,为什么没有人告诉我?
他们微笑着并取出钉在古老帽子里的面纱。

我赤裸如一根鸡脖子,没有人爱我吗?
不是的,蜜蜂的秘书带来她白色的作坊工装,
将我手腕处的袖子以及自我脖子至膝盖的缝隙扣好。
现在我是乳草丝,蜜蜂不会注意到。
它们不会嗅到我的恐惧,我的恐惧,我的恐惧。

哪一个是牧师,是穿黑衣的那个男人吗?
哪一个是接生婆,那是她的蓝大衣吗?
每个人都点着黑色方形头,他们是戴面甲的骑士,
薄纱棉布的胸甲在腋窝下打结。

他们的微笑和声音正在改变。我被带领着通过豆田,

条条锡箔像人一样眨眼,
羽毛掸子在一片豆花海洋里拂动着它们的双手,
奶油色的豆花有着黑色的眼睛,叶子如同厌倦的心。
卷须向上拉着的那条线丝是凝结的血块吗?
不,不,是某一天会成为食物的绯红花朵。

现在他们给我一顶时髦的意大利白草帽
和一块吻合我脸型的黑色面纱,使我成为他们中的一员。
他们带我去修剪过的小树林,一圈蜂箱。
是山楂树闻起来那么恶心吗?
山楂树不孕的身体,麻醉它的孩子们。

有什么手术在进行吗?
我的邻居等待的是外科医生,
这幽灵戴着绿色头盔,
发光的手套和白制服。
是屠夫,杂货商,邮差,我认识的某人吗?

我不能跑,我扎根了,而金雀花伤害我
用它黄色的囊,它带刺的武器。

我只要跑就得一直跑下去。
白色的蜂箱紧致如一个处女,
封锁着她的抚幼室,她的蜜和低低的嗡嗡声。

烟翻滚披覆在小树林里。
蜂箱的首脑认为这是一切的结束。
它们来了,绿林好汉们,骑着它们歇斯底里的橡皮圈。
如果我站着不动,它们会以为我是峨参,
一个轻信的脑袋不被它们的憎恨触及,

甚至没有点头,一个绿篱中的大人物。
村民们打开蜂室,他们猎捕蜂后。
她躲起来了吗?她在吃蜂蜜吗?她很聪明。
她老了,老了,老了,她必须再活一年,她也知道。
而在她们的指形榫的小室中新的处女们

梦到一场她们必然会得胜的决斗,
一条蜡窗帘把她们和新娘的飞行区分开来,
女凶手向上飞行进入一个爱她的天堂。
村民移开处女们,不会有杀戮。
老蜂后没有显身,她如此忘恩负义吗?

我精疲力竭,我精疲力竭——
白色的柱子在刀光的眼前一黑中。
我是魔术师的女孩一动不动。
村民解除他们的伪装,他们握着手。
小树林里那长长的白盒子是谁的,他们完成了什
　么,为什么我冷?

蜂盒的到来

我订了这个,这干净的木盒子
像一张椅子那样方正,重得几乎举不动。
我会说它是一个侏儒
或一个方婴儿的棺材
假如里面没有一种喧闹声。

盒子锁着,它很危险。
我不得不和它待上一整晚
而我离不开它。
没有窗户,所以我看不见里面有什么。
只有一个小格子,没有出口。

我把眼睛贴近格子。
黑暗,黑暗,
有非洲人的手臂的密集感
极小,皱缩,为了出口,

黑色在黑色上，愤怒地攀爬。

我怎么能够让它们出来？
是声音最使我惊骇，
难以理解的音节。
就像一伙罗马暴民，
小小的，如果一个一个地对付，但我的天哪，一大群！

我把耳朵靠近愤怒的拉丁语。
我不是恺撒。
我只不过订了一盒疯子。
它们可以被退回去。
它们可以死，我不需要喂它们任何东西，我是主人。

我困惑它们有多饿。
我困惑它们会不会忘记我
如果我打开锁，避开，并变成一棵树。
有金链花树，它的金色石柱廊，
以及樱桃树的衬裙。

它们也许会马上不理我
穿戴着我的太空服和葬礼面纱。

我不是蜜的来源

所以它们怎么可能袭击我？

明天我会成为甜蜜的上帝，我会释放它们。

盒子只是临时的。

蜇 刺

光着手,我传递蜂脾。
白衣男子微笑,光着手,
我们的薄纱布长手套整齐又甜蜜,
我们的腕口是勇敢的百合。
他和我

之间有一千个干净的蜂房,
黄杯子的八只蜂脾,
还有蜂巢本身是一只茶杯,
白底粉红花的。
用过度的爱我给它上釉彩

想着"甜蜜,甜蜜"。
孵化房灰白如贝壳化石
使我害怕,它们如此之老。
我在买什么,虫蛀的红木?

里面到底有没有蜂后?

如果有,她已经老了,
她的翅膀是撕破的披肩,她长长的身体上
绒毛已被磨光——
又穷又秃,废黜的女王般,甚至是可耻的。
我站在一行有翅膀的

平淡无奇的女人之列,
蜂蜜苦力。
我不是苦工
尽管我吃了多年的灰尘
并用我浓密的头发擦干盘子。

看到我的陌生蒸发,
危险的皮肤上蓝色的露珠。
她们会恨我吗?
这些女人只是快步疾走,
她们的消息是绽放的樱桃花,绽放的苜蓿!

快结束了。
我掌控着。

这是我的蜂蜜机器,
它会不假思索地工作,
打开,在春天,像一个勤劳的处女

冲刷乳化的波峰
就像月亮,为它的象牙色粉末,冲刷大海。
第三个人在观看。
他跟卖蜂人或我毫无关系。
现在他跳跃八次

走了,一个出色的替罪羊。
这是他的拖鞋,这儿是另一个,
这是白色亚麻布方巾
他戴着它代替帽子。
他是甜蜜的,

他努力的汗水一场雨
牵引着世界开花结果。
蜜蜂发现了他,
浇铸他的嘴唇像谎言,
使他的面貌复杂。

它们认为死亡是值得的,但我
有一个自我要找回,一个王后。
她死了吗?她睡了吗?
她去哪儿了?
她狮子红的身体,她的玻璃翅膀?

现在她飞舞
比她之前更可怕,红色的
伤痕在空中,红色的彗星
飞过杀死她的引擎——
这陵墓,这座蜡房子。

过 冬

这是轻松时光,无所事事。
我转动了接生婆的提取器,
我有我的蜂蜜,
六口玻璃缸,
酒窖里的六只猫眼,

在没有窗户的黑暗里过冬
在房子的中心
紧挨着上一个租户酸腐的果酱
和空虚闪亮的瓶子——
某某先生的金酒。

这是我从未进过的房间。
这是我在里面无法呼吸的房间。
黑色聚集在那里如一只蝙蝠,
没有光

除了火把和它微弱的

雌黄在这些骇人的物体上——
黑色的愚钝。腐朽。
占有。
是它们拥有我。
既不残忍也不冷漠,

只是无知。
这是蜜蜂坚守的时光——蜜蜂
慢得我几乎认不出它们,
排成纵列像士兵
走向糖浆罐子

补充我拿走的蜂蜜。
泰特与赖尔维持它们,
优雅的雪。
是泰特与赖尔它们赖以为生,代替花朵。
它们喝它。寒冷到来。

现在它们团成一块,
黑色的

内心对抗着整个白色。
雪的微笑是白的。
它伸展自己,一个一英里长的迈森陶瓷身体,

它们只能在温暖的日子里,
把它们中的死者带进去。
蜜蜂都是女人,
女仆和年长的王室女士。
她们已摒除了男人,

呆板的、笨拙的跌跌撞撞的人,乡巴佬。
冬天是女人的——
这个女人,仍然在编织,
在西班牙胡桃木的摇篮边,
她的身体,寒冷中的一个球茎,笨到不会思考。

蜂箱会活下来吗?剑兰
会成功地封住它们的火
进入下一年吗?
它们尝起来什么味儿,圣诞玫瑰吗?
蜜蜂飞舞。它们尝到了春天。

第二辑

《爱丽尔集》补遗

雾中的羊 [①]

小山走失于白茫茫中。
人或星星
悲哀地看待我,我让他们失望。

火车留下一条呼吸。
哦,缓慢的
锈红色的马,

马蹄,悲伤的钟铃——
整个早上
早晨在变黑,

一朵花被遗弃。
我的骨头保持一种沉静,远远的

[①] 以下 15 首为特德·休斯选入《爱丽尔集》的诗。

田野融化了我的心。

他们威胁
要让我进入一个天堂
没有星星也没有父亲,一片黑暗的水。

玛利亚的歌

星期日的羔羊在它的肥肉中噼啪作响。
肥肉
牺牲它的不透明度……

一扇窗户,神圣的金黄。
火使它珍贵,
同样的火

熔化油脂的异教徒,
驱逐犹太人。
他们浓厚的阴霾飘浮

在波兰与烧毁的德国的
瘢痕上。
他们不死。

灰鸟缠住我的心,
嘴灰,眼睛的灰。
它们落下。在那高高的

悬崖
那把一个男人清空至空白的所在
炉子像天空一样发光,炽热。

这是一颗心,
这我走在其中的大屠杀,
哦,黄金的孩子世界会杀掉并吃了他。

蜂　群[①]

在我们的镇上有人射杀某个东西——
星期日街道上的一种沉闷砰砰声。
嫉妒会打开鲜血，
它会制造黑玫瑰。
他们在射杀谁？

刀子出鞘是为了你
在滑铁卢，滑铁卢，拿破仑，
厄尔巴岛的小丘在你的短背上，
而大雪，一群一群地
编排它明亮的刀具，说着"嘘"！

"嘘！"这些是你玩弄的棋子，

[①] 这首诗出现在普拉斯本人编选的《爱丽尔集》目录里，但被她加了括号，意思是不确定要不要选入。后特德·休斯将其与本小辑其他诗歌一起选入美国版《爱丽尔集》。

不动的象牙角色。
泥淖蠕动着满地喉咙,
法国靴底的垫脚石。
俄罗斯的镀金和粉色的圆屋顶熔化并漂离

在贪婪的熔炉里。云朵,云朵。
于是蜂群团成团并逃开
七十英尺高,在一棵黑松树里。
它必须被射落。砰!砰!
蠢笨到以为子弹是惊雷。

它以为它们是上帝的声音
纵容喙、爪子,狗龇牙咧嘴的笑
黄色腰腿,群狗中的一条,
对着它象牙的骨头咧嘴笑着
就像这样的一群,一群,像所有人。

蜜蜂已飞远。七十英尺高!
俄罗斯、波兰和德国!
温和的小山,老样子的洋红色
田野收缩成一枚便士
被甩进一条河里,这条河被渡过。

蜜蜂争吵,在它们的黑团里,
一只飞翔的刺猬,满身是刺。
这个灰色双手的男人站在它们梦的
蜂脾下,蜂箱的车站
那里火车,忠实于它们的钢弧,

离开和抵达,这片国土没有尽头。
砰!砰!它们落下
身首异处,掉进一簇常春藤。
完蛋了战车御者,侍卫们,大军!
一块红色碎布,拿破仑!

最后的胜利徽章。
蜂群被击落到一顶歪斜的草帽里。
厄尔巴岛,厄尔巴岛,大海上的水泡!
元帅、舰队司令,将军们的白色胸像
蠕动着自己进入壁龛。

多么富有教益!
聚集在一处的蠢笨身体
走过披着祖国法兰西衬垫布的跳板

进入一座新的陵墓,

一座象牙宫殿,一棵权松。

灰色双手的男人微笑——

一个商人的微笑,极度实际。

它们并不是手

而是石棉的容器。

砰!砰!"他们本来会杀死我。"

蜇伤大如图钉!

蜜蜂似乎有一种荣誉观念,

暗黑而倔强的头脑。

拿破仑满意了,他对一切满意。

哦,欧洲,哦,成吨的蜜!

悬吊着的男人

揪着我的发根某个神逮住了我。
我在他的蓝色电压里烧灼如沙漠里的先知。

数夜猛然闪过就像蜥蜴的眼睑:
光秃秃白色日子的世界在没有阴影的眼窝里。

一种秃鹫般的厌倦将我钉在这棵树上。
如果他是我,他也会照我所做过的去做。

小赋格

紫杉树黑色的手指摇动；
寒冷的云穿过。
于是聋子和哑巴
向瞎子示意，但被忽视了。

我喜欢黑色的声明。
那朵云的毫无特色，此刻！
周身白如一只眼！
盲人钢琴师的眼

在轮船上他跟我同桌。
他摸索他的食物。
他的手指有黄鼠狼的鼻子。
我禁不住看着。

他能听见贝多芬：

黑紫杉树，白云，

可怕的错杂。

手指圈套——琴键的喧哗。

空洞而傻气就像盘子，

所以盲人微笑。

我嫉妒巨大的噪音，

《大赋格曲》的紫杉树篱。

聋是另一回事。

这样黑暗的漏斗，我的父亲！

我看到你的声音

暗黑而多叶，就像在我的童年时代，

有秩序的一排紫杉树篱，

哥特式的、残暴的，纯粹的德国式。

死去的男人们因之而哭泣。

我没有任何罪。

那么，紫杉树我的耶稣。

它没有这样受折磨？

而你，第一次世界大战期间

在加利福尼亚的熟食店

切着香肠!
它们渲染我的睡眠,
红红的,斑驳的,像被砍断的脖子。
有一种沉默!

另一种秩序巨大的沉默。
我七岁,一无所知。
世界发生了。
你有一条腿,以及一个普鲁士头脑。

此刻相似的云
扩展它们一张张的空茫。
你保持缄默吗?
我的记忆是跛足的。

我记得一只蓝眼睛,
装着柑橘的公文包。
这是一个男人,就是!
死亡打开了,黑黑的,像一棵暗黑的树。

我挺过了这会儿,
整理着我的早晨。
这些是我的手指,这是我的孩子。
云朵是一件婚纱,那种苍白。

数　年

它们进来像动物来自冬青树的
外太空,在那里尖刺
不是我打开的思想,像个瑜伽行者,
但是绿与黑纯粹到
它们凝固并存在。

哦,上帝,我不像你
在你空茫的黑暗中,
处处粘满星星,明亮的傻傻的纸屑。
永恒使我厌烦,
我从来都不想要它。

我所爱的是
运动中的活塞——
我的灵魂死在它跟前。
还有马蹄,

它们无情的搅拌。

而你,伟大的静止——
那有什么伟大!
今年是一只老虎吗,这门口的咆哮?
是一个基督吗
他之中

那糟糕的上帝的部分
渴望飞翔并结束这一切?
血浆果是它们自己,它们非常安静。
马蹄无法忍受,
在蓝色的远处,活塞嘶嘶作响。

慕尼黑时装道具模特儿

完美是可怕的,它不能生孩子。
寒冷如雪的呼吸,它夯实子宫

那里紫杉树像九头蛇吹动,
生命的树和生命的树

释放它们的月亮,一个月接一个月,没有结果。
血的洪水是爱的洪水,

绝对的牺牲。
它意味着:除了我不再有别的偶像,

我和你。
所以,在它们硫黄的可爱里,在它们的微笑里

今晚这些模特儿倾斜
在慕尼黑,巴黎与罗马之间的停尸房,

赤裸的、光秃秃的,穿着它们的皮衣,
银色的棍子上橘色的棒棒糖,

难以忍受,没有内心。
雪落下它一片片的黑暗,

外面没人。宾馆里
手会打开门并放下

鞋子进行一次碳的磨光
到了明天宽大的脚趾会进入它们。

哦,这些橱窗里的家庭生活,
婴儿蕾丝,绿叶糖果,

粗笨的德国人安睡在他们无底的自豪里。
而钩子上黑色的电话机

闪烁着
闪烁着并消化着

无声之境。雪没有声音。

图　腾

火车头正在杀死铁轨,铁轨是银色的,
它延伸向远方。它仍然会被吃掉。

它的奔跑是无用的。
傍晚有被淹没的田野的美,

黎明给农民镀金像猪,
穿着他们厚厚的衣服轻轻摇摆,

史密斯菲尔德白塔在前面,
肥腰腿和鲜血在他们的内心。

砍肉刀的闪光里没有慈悲,
屠夫的断头台低语着:"这如何,这如何?"

碗里这只野兔是被堕胎的幼崽,

它的婴儿脑袋已被拿开,涂满了调料,

毛皮和人性已经剥开。
让我们吃它像吃柏拉图的胎衣,

让我们吃它就像吃耶稣。
这些都是大人物——

他们的圆眼睛,他们的牙齿,他们的愁眉苦脸
在一个嘎嘎、哒哒作响的棍子上,一条仿制的蛇。

眼镜蛇的颈部皮褶会吓到我——
它眼睛的孤独,通过群山的眼睛

天空不断地穿过它自己吗?
世界是血热的、个人的

黎明说,带着它的血红。
没有终点,只有一些手提箱

从那里面同一个自我展开如一套西服
光秃秃,闪耀的,装满愿望的口袋,

观念和票,短路和折叠镜。
我疯了,蜘蛛喊道,挥舞着它许多条胳膊。

这确实很可怕,
在苍蝇的眼睛里倍增。

它们嗡嗡叫着像蓝色的孩子
在无穷的网里,

最终被一个死亡和它的
许多枝条捆住。

瘫痪病人

发生了。会继续吗?——
我的内心一块岩石,
没有手指可以抓,没有舌头,
我的神即爱我的

铁肺,使我的
两个
集尘袋吸进排出,
它不会

让我的病再犯
当白天在外滑过如自动电报纸条。
夜晚带来紫罗兰,
眼睛的绣帷,

灯光,

温柔匿名的
说话者:"你没事吧?"
硬挺的、不可接近的乳房。

死去的蛋,我躺着
完整的
在我不能触摸的一整个世界上,
在我睡椅的

白色、绷紧的鼓上
这些照片来看我——
我的妻子,死去,扁平,穿着二十年代的毛皮,
满嘴的珍珠,

两个女孩
跟她一样扁平,小声说:"我们是你的女儿。"
静止的水
裹住我的嘴唇,

眼睛、鼻子和耳朵,
一张我
无法弄碎的玻璃纸。

在我赤裸的背上

我微笑,一尊佛,所有的
向往,渴望
从我身上落下像指环
拥抱着它们的光。

木兰的
爪子,
沉醉于它自己的香味,
对人生一无所求。

气　球

圣诞节之后它们一直跟我们住在一起,
诚实而透明,
卵形的灵魂动物,
占据一半空间,
在丝绸上移动并摩擦

不可见的空气流动,
当被打击时,发出一种
尖叫和啪啪声,然后溜走休息,几乎不发抖。
黄色的猫头,蓝色的鱼——
这如此奇怪的月亮和我们同住

而不是死气沉沉的家具!
草垫子、白墙
和这些游动的
稀薄空气的球体,红红的,绿绿的,

愉悦着

人心像愿望或自由的
孔雀为古老的土地
祈福,用一根被星星般的金属
锤薄的羽毛。
你的

弟弟正在让他的
气球发出如同猫的叫声。
似乎看见了
在它的另一边一个他也许会吃的好玩的粉色世界,
他咬,

然后朝后
坐下,肥大的罐子
沉思着像水一样透明的一个世界。
一块红色的
碎片在他小小的拳头里。

七月的罂粟花

小小的罂粟花,小小的地狱火焰,
你是无害的吗?

你闪烁。我不能触碰你。
我把我的双手放进火焰里。什么也没燃烧。

观看你使我精疲力竭
像那样闪烁着,起皱,纯红,像一张嘴的皮肤。

一张刚刚流过血的嘴。
小小的沾着血的裙子!

有我不能触碰的烟雾。
你的鸦片制剂和你的恶心胶囊在哪儿?

如果我能够流血,或睡觉!

如果我的嘴能够和一种那样的伤害结婚!

或者你的烈酒渗透我,在这个玻璃胶囊中,
麻木并平静。

但没有色彩。没有色彩。

善　良

善良在我的房子里滑行。
善良夫人，她如此友好！
她指环的蓝宝石和红宝石
在窗户里冒烟，镜子
填满着微笑。

有什么和一个孩子的哭声一样真实？
一只兔子的哭声可能更具野性
但它没有灵魂。
糖能治愈一切，善良这么说。
糖是一种必要的液体，

它的水晶一小贴药膏。
哦，善良，善良
甜蜜地重整旗鼓！
我的日本丝绸，铤而走险的蝴蝶，

随时可能会被钉住,麻木。

你来了,带着一杯茶
缭绕着蒸汽。
血的喷射就是诗歌,
无法停下。
你交给我两个孩子,两枝玫瑰。

撞　伤

颜色涌向此处,暗紫色。
身体的其余完全煞白,
珍珠色。

在岩石的一处凹陷
大海执迷般地吮吸,
一个空洞整个大海的枢纽。

一只苍蝇的大小,
毁灭的标记
爬下墙壁。

内心关闭,
大海回滑,
众镜被盖住。

边　缘

这个女人完美了。
她死去的

身体穿着成就的微笑，
一种希腊的必然性的幻象

飘动在她的托加长袍的涡卷里，
她赤裸的

双脚似乎在说着：
我们已经走得很远，该结束了。

每个死去的孩子都蜷曲着，一条白色大蛇，
一个孩子在各自小小的

牛奶罐，如今空了。

她已经把他们

收拢到她的身体如一朵玫瑰的
花瓣关闭当花园

僵硬而气味流溢
从那夜花甜蜜的、深深的喉咙。

月亮没有什么值得悲伤的,
自她骨头的兜帽里往外凝视。

她已习惯了这种事情。
她许多的黑噼啪作响并拖曳着。

词　语

斧子
它们的敲击之后木头回响,
而回声!
回声从中心
像群马一样四散。

树液
上涌像眼泪,像水
奋力
去重建它的镜子
在落下

又翻滚的岩石之上,
一颗白色头颅,
被杂草的绿吞吃。
多年后我

在路上遇见它们——

词语干燥且没有驭者,
这不倦的蹄音。
此刻
从池底,固定的星星
统驭一个生命。

废墟中的交谈[1]

穿过我陈设考究的房子的柱廊你带着
狂怒高视阔步,弄乱水果花环
和传说中的鲁特琴与孔雀,扯破
阻挡旋风的一切礼仪之网。
现在,墙壁奢华的秩序坍塌了;白嘴鸦
在骇人的废墟上呱呱啼叫;在你暴怒的
眼神中荒凉的光里,魔力飞离
像气馁的女巫,一旦真正破晓便放弃了城堡。

破碎的柱子框定岩石的风景;
当你英雄般站立,正装领带,我坐着
沉着于希腊长袍和心灵之结,
植根于你黑暗的注视,这出戏变得悲惨:
我们破产的土地既然变得如此衰败,
何种词语仪式能够修补这场浩劫?

---

[1] 以下 6 首为普拉斯的早期诗作。

冬天,有白嘴鸦的风景

水在磨槽里,穿过一个石头闸门,
急速跌进黑色池塘
那里,荒唐而不合时宜,一只孤单的天鹅
漂游,洁净如雪,嘲讽着阴郁的内心
它渴望将这白色的倒影拽下来。

严峻的太阳降落在沼泽之上,
橙色的独眼巨人之眼,不屑于更多地
把眼光投向这悔恨的风景;
在沉思中长出羽毛的黑暗,我像白嘴鸦阔步走动,
当冬夜来临而忧心忡忡。

去年夏天的芦苇全都雕刻在冰上
就如我眼中你的形象;干霜
磨光我痛苦的窗;何种安慰
能够从岩石中被敲打出来让心灵的荒地
再次长绿?谁会在这荒凉的地方行走?

杜鹃花小径上的厄勒克特拉 ①

你死的那天我便进入土中,
进入那无光的越冬巢
那里蜜蜂,身着黑金条纹衫,睡过了暴风雪
像僧侣石,而地面是坚硬的。
二十年间一直是好的,越冬——
仿佛你从没有存在过,仿佛我
以天神为父从我母亲的肚子里降临这世界:
她宽大的床佩戴了神圣的污迹。
我与内疚或任何事情无关
当我在我母亲的心里蠕动着回来。

身穿着无辜的连衣裙我小如一个玩偶

---

① 古希腊神话故事中的人物,为特洛伊战争中希腊联军统帅阿伽门农的女儿,因不满母亲与其情人合谋杀害其父阿伽门农,她与其弟一起为父复仇,弑杀其母。在精神分析理论中,厄勒克特拉情结被称为"恋父情结"。

我躺着梦到你的史诗,形象接着形象。
无人死去或凋零在那个舞台上。
一切发生于一种持久的白色里。
我醒的那天,我醒在教堂墓地山。
我找到你的名字,找到你的骨头和所有
应征者挤在大墓穴中,
你那带着色斑的墓石歪斜在一排铁篱旁。

在这仁爱的病室,这济贫院,死者
拥挤,脚抵着脚,头顶着头,没有鲜花
破开这片泥地。这是杜鹃花小径。
一片牛蒡向着南方盛开。
六英尺的黄色砂砾覆盖着你。
这人造的红色鼠尾草既不会抖动
在塑料常青树花篮里,他们把它
放在紧邻你的墓碑旁,也不会腐烂,
尽管雨水溶解了血色的染料:
人造花瓣滴着,它们滴着赤红。

另一种红色迷惑着我:
那天你懈怠的船帆饮下我姐妹的呼吸
平坦的大海变色如同那件恶魔之衣

我母亲在你最后回家的日子里展开。
我向一个古老的悲剧借来这副高跷。
真相是,一个十月末,在我出生的哭喊中
一只蝎子蜇伤它的头,祸事一桩;
我母亲梦到你脸朝下在大海里。

石头般的演员们保持镇静并喘着气。
我带着我的爱,而你却死去。
是坏疽吞吃你只剩下骨头
我母亲说过;你死得像任何男人。
我怎样能够成熟到那种心灵的状态?
我是声名狼藉的自杀的鬼魂,
我的蓝色剃刀锈蚀在我的喉咙里。
哦,原谅那个敲着你的门请求原谅的
人吧,父亲——你的母狗婊子,女儿,朋友。
正是我的爱害死了我们俩。

巨　像

我永远不会把你完整地拼合，
拼凑，黏合并正确地连接。
骡子嚷，猪哼哼和下流的咯咯声
从你的大嘴唇继续。
比一个谷仓更糟。

或许你自认为是个神谕者，
死者的喉舌，或某个神或别的喉舌。
三十年来我埋头苦干
从你喉咙的裂缝里清淤。
我不比以前更聪明。

带着胶锅和几桶来苏尔消毒剂爬上小梯子
我像一只服丧的蚂蚁那样
爬过你杂草丛生的几英亩的眉头
修补巨大的颅骨板并扫净

那光秃的、你双眼的白色古墓。

来自俄瑞斯忒亚的一片蓝空
拱起在我们之上。哦,父亲,你独自一人
你精辟而有历史感如同罗马广场。
我打开我的午餐在一座长满黑松的小山上。
你有凹槽的骨头和刺叶的头发四散

在它们老旧的无政府形态中直至地平线。
它需要的不只是一场雷击
以制造这场废墟。
夜晚,我蹲伏在你左耳的
丰饶角里,躲避着风,

细数红色和李子色的星星。
太阳在你的舌头柱下升起。
我的时日与影子结婚。
我不会再听一根龙骨的刮擦响
在这块平台空白的石头上。

国会山野

在这光秃的小山上新年磨光它的边缘。
没有脸孔,苍白如瓷器
圆圆的天空继续管着它自己的事儿。
你的缺席并不引人注目;
没有人能确定我缺了什么。

海鸥编织这条河的淤泥床返回
到这青草的山冠。内陆,他们争辩,
安定而萌动如被吹起的纸张
或一名病号的双手。没有血色的
太阳设法击打出如此锡一般的闪光

从我双眼皱缩而溢满的相连的
池塘里;城市像糖一样融化。
一条小女孩们的鳄鱼
打结,停下来,队形不整,穿着蓝色制服,

张开要吞了我。我是一块石头，一根棍子。

一个孩子掉了一只粉色塑料发夹；
她们似乎没人注意到。
她们尖锐、沙哑的流言汇聚传播。
现在，寂静伴着寂静现身。
风像绷带一样堵住我的呼吸。

向南，肯特西镇之上，一抹灰色浓烟
裹紧屋顶与树。
也可以是一片雪原或一道云堤。
我认为想起你是毫无意义的。
你玩偶般的抓握已经松开。

这古墓，即便在正午，守护它的黑色阴影：
你知道我缺少稳定性，
一片树叶的幽灵，一只鸟的幽灵。
我围着扭曲的树转圈，我太高兴了。
这些忠实的深色枝干的柏树

忧思着，扎根于它们堆叠的损失。
你的哭声消失如一只蠓虫的哭声。

我渐渐看不到你在你盲目的旅途上,

当石楠草闪光,纺锤般的溪流

解开缠绕并流尽自身。我的心追随它们

在脚印里形成水洼,摸索着卵石与草茎。

白天清空它的影像

如同一只杯子或一间房。月亮的弯钩变白,

薄似一块皮肤皱起伤疤。

现在,在婴儿室的墙上,

这些蓝夜的植物,浅蓝的小山

在你姐姐的生日照片上开始发光。

橙色的绒球,埃及纸莎草

点亮。每根带着兔耳朵的

玻璃背后的蓝色灌木

散发靛蓝色的光轮,

一种玻璃纸气球。

旧的残渣,旧的困难娶我为妻。

海鸥在透风的暗光中僵硬于它们寒冷的守夜;

我走进这亮着灯的房子。

三个女人
　　——为三种声音而作的一首诗

场景：产房及周围

声音一：

我像世界一样缓慢。我很有耐心，
在我的时间中转动，太阳和星星
专注地看着我。
月亮的关心更亲密：
她一遍遍走过，护士般明亮。
她为即将发生的事遗憾吗？我不这么想。
她只是惊讶于生殖力。

当我走出来，我就是一件大事。
我不需要思考，抑或排练。

在我之中发生的将会悄然发生。
雉鸡站在小山上；
他在整理他褐色的翎毛。
我情不自禁因我所知道的而微笑。
叶子和花瓣照顾着我。我准备好了。

声音二：

当我第一次看到它，这小小的红色渗漏，我不相信。
我注视办公室里男人们在我周围走动。他们是如此扁平
他们某些方面像硬纸板，而现在我意识到了，
那种扁扁的、平平的扁平，产生出观点，毁灭，
推土机，断头台，白色的尖叫室，
没完没了地产生——以及冷天使们，抽象。
我坐在桌旁，穿着长筒袜和高跟鞋，

我的老板笑了："你看见了什么可怕的东西？
你突然变得这么白。"我什么都没有说。
我在光秃的树里看到死亡，一种丧失。
我不能相信。对于精神而言
构想一副面孔、一张嘴如此困难吗？
字母从这些黑色的键中继续，而这些黑色的键又从

我按字母顺序排列的手指下继续着,创造秩序,

零件,刀片,齿轮,闪亮的线路。
我坐着快要死去。我失去了一个维度。
火车在我耳朵里咆哮,离去,离去!
时间的银色铁轨腾空进入远方,
白色的天空流尽它的诺言,像一个杯子。
这些是我的脚,这些机械的回声。
敲击,敲击,敲击,铁钉。我发觉了不足。

这是我带回家的疾病,这是一种死亡。
再一次,这是一种死亡。是空气吗,
我吸收的这毁灭的微粒?我是一次脉搏吗
衰弱着衰弱着,面对这冷天使?
那么这是我的情人吗?这死亡,这死亡?
小时候我爱上一个被苔藓咬过的名字。
那么这是唯一的罪,这古老的、已死的对死亡的爱?

声音三:

我记得我能确定的那个时刻。
柳树阴冷,

池塘里的脸很美,但不是我的——
带着意味深长的一瞥,像所有别的一切,
我所能看到的只是危险:鸽子和词语,
星星和黄金的阵雨——受孕,受孕!
我记得一羽寒冷的白色翅膀

和那只伟大的天鹅,带着它可怕的模样,
威胁我,像一座城堡,从河的另一端。
在天鹅中间有一条蛇。
他滑过;他的眼睛有一种黑暗的含义。
我在它之中看见一个世界——小小的,残忍的,黑暗的
每一个小词勾住另一个小词,每个行动勾住另一个行动
炎热的蓝色的一天发芽成为了什么。

我没有准备好。白云抬起
向四面八方拖曳着我。
我没有准备好。
我没有敬畏。
我认为我可以否定这个结果——
但是为时已晚。为时已晚,这张脸
继续用爱形塑自己,好像我已做好准备。

声音二：

现在这是一个雪的世界。我不在家里。
这些床单多么洁白。这些脸孔没有面貌。
他们光秃又不可能，像我的孩子们的脸，
那些生病的孩子挣脱我的胳膊。
别的孩子不能触动我：他们太可怕。
他们有太多色彩，太旺盛的生命力。他们不安静，
安静，像我怀有的小小空虚。

我有过很多机会。我努力又努力。
我把生命缝进自己像一个罕见的器官，
小心翼翼、不稳定地走路，像某种稀有之物。
我努力不去多想。我努力自然些。
我努力去盲目地爱，像别的女人那样，
在我的床上盲目，跟我亲爱的盲目的甜心一起，
不透过那浓厚的黑暗，寻找另一张脸。

我没有看。但脸依然在那儿。
那未出生者的脸它爱着它的完美，
那死者的脸只可能完美
在它轻松的和平里，只可能这样保持神圣。

然后还有别的脸。国家、
政府、国会、社会的脸,
以及重要男人们无脸的脸。

我介意的是这些男人:
他们嫉妒任何不平之物!他们是嫉妒之神
要让整个世界扁平因为他们自己是扁平的。
我看到圣父跟圣子交谈。
这种扁平不能不是神圣的。
"让我们来创造一个天堂,"他们说,
"让我们夷平并洗涤这些灵魂里的肥满。"

声音一:

我镇定。我镇定。那是一些糟糕的事情发生前的平静
那是风起步前的黄色的时刻,当叶子
张开它们的手,它们的苍白。这里如此安静。
床单,脸,发白并停下,像时钟。
声音后退,变平。他们可见的象形文字
压平到羊皮纸屏幕为了挡风。
他们用阿拉伯文和中文绘出如此精彩的秘密!

我哑笨而枯黄。我是一粒种子将要碎开。
枯黄是我死去的自己,它是悲哀的:
它不想变得更多,或不同。
现在黄昏把我罩在蓝色之中,像一个玛利亚。
哦,距离与健忘的颜色!——
会是什么时候,时间碎开
永恒吞噬它的那一秒,而我完全淹溺?

我和自己说话,只和自己,分开——
被消毒剂擦拭并变得血红,献祭一般。
等待重重地躺在我的眼皮上。它躺着像睡眠,
像一片大海。很远,很远,我感到第一个浪
把它巨痛的货物拖向我,不可避免,潮水一般。
而我,一只贝壳,回响在这白色的沙滩上
面对淹没的声音,可怕的元素。

声音三:

现在我是一座大山,在山一样的女人中间。
医生在我们中间走动好像我们的庞大

惊骇了内心。他们像愚人般微笑。
我成了这样他们有责任，而他们也知道。
他们拥抱他们的扁平就像一种健康。
而万一他们发现自己和我一样惊讶，会怎样？
他们会因此而发疯。

而万一两个生命从我的大腿间漏出来会怎样？
我见过干净的白色房间和里面的仪器。
它是一个充满尖叫的地方。它不快乐。
"这是你准备好之后会来到的地方。"
夜灯是扁平的红月亮。它们因血而阴暗。
我没有为任何可能发生的事做好准备。
我本该杀死这个，这杀死我的东西。

声音一：

没有比这更残忍的奇迹。
我被马拖曳着，铁马蹄。
我坚持。我坚持到底。我完成了一个作品。
黑暗的隧道，穿过它时冲向探视，
探视，显现，受惊吓的脸。
我是一次暴行的中心。

我正在养育什么痛苦，什么悲哀？

这种天真能够反复追杀吗？它榨取我的生命。
树在街道上枯萎。雨是腐蚀性的。
我用舌头尝它，而这些可使用的恐怖，
这些干站着的、空闲的恐怖，这些被忽视的教母
她们的心脏滴答滴答跳，带着她们的仪器包。
我将成为一堵墙和一块屋顶，保护着。
我将成为一片天空和善的小山：哦，让我成为吧！

一种力量正在我身上日渐增强，一种古老的韧性。
我像世界一样正在分裂。存在这黑暗，
这黑暗的攻城锤。我在一座山上合拢我的双手。
空气浓厚。它充满这种运行。
我被使用。我被反复击打直到可用。
我的眼睛被这黑暗挤压。
我什么都看不见。

声音二：

我被指控。我梦见大屠杀。
我是黑色和红色巨痛的花园。我喝它们，

恨我自己,仇恨并害怕。现在世界孕有
它的结束并跑向它,双臂充满爱意地张开。
它是一种对死亡的爱,使一切患病。
一个死去的太阳玷污新闻纸。它是红的。
我失去一个又一个生命。黑暗的土地喝下它们。

她是我们所有人的吸血鬼。所以她供养我们,
使我们肥胖,她是善良的。她的嘴是红的。
我认识她。我很亲密地认识她——
衰老冬天的脸,衰老的不孕者,古老的定时炸弹。
男人们已卑鄙地使用了她。她会吞吃他们。
吞吃他们,吞吃他们,最终吃掉他们。
太阳落下。我死去。我创造一次死。

声音一:

他是谁,这蓝色、狂怒的男孩,
闪光的,陌生的,仿佛猛冲自一颗星星?
他如此愤怒地看着!
他飞进房间,一声尖叫紧跟着。
蓝色发淡。他终究是个人。

一朵红色的莲花开在它的血碗里；
他们用丝线缝补我，好像我是一块布！

我的手指做了什么，在抱住他之前？
带着爱，我的心做了什么？
我从未如此清晰看见一个事物。
他的眼皮像丁香花
柔软像一只蛾，他的呼吸。
我不会放手。
在他里面没有狡猾或偏见。愿他一直如此。

声音二：

月亮在高高的窗上。结束了。
冬天填满我的灵魂！而那粉笔的光
铺展它的鳞片在窗户上，空办公室，
空教室，空教堂的窗户。哦，这么多的虚空！
有这种休止。这可怕的一切的休止！
这些身体此刻在我周围堆积，这些极地的沉睡者——
哪一种蓝月亮的射线冻结他们的梦？

我感到它进入我,冰冷,异己,如同一个仪器。
而它的另一端那愤怒、冷酷的脸,那 O 形的嘴巴
张开它永久悲伤的裂口。
是她拖曳着血黑的大海,一个月
接着一个月,带着它失败的声音。
我无助,像大海在她绳子的尽头。
我坐立不安。坐立不安又一无所用。我也创造尸体。

我将移居北方。我将移居到一个长长的黑暗里。
我看我自己,一个影子,既不是男人也不是女人,
既不是一个女人,高兴得像个男人,也不是一个男人
迟钝而扁平到不觉得有不足。我感到一种不足。
我举起我的手指,十根洁白的尖木桩。
看,黑暗从裂缝中漏出。
我不能容纳它。我不能容纳我的生命。

我将成为边缘的女主角。
分离的扣子,袜子后跟的破洞,
未收殓在一个信箧里回复的信的
苍白沉默的脸,我不会被它们指控。
我将不被指控,我将不被指控。

时钟不会发现我的不足,这些星星也不会发现
它们把一个又一个深渊铆接在一起。

声音三:

我在我的睡眠里看到她,我红色的坏女孩。
她穿过隔开我们的玻璃大哭着。
她大哭着,她很愤怒。
她的哭声是钩子,勾住并磨碎,像猫。
用这些钩子她爬进我的注意中。
她对着黑暗大哭,或者对着星星
距离我们如此遥远,闪光并旋转。

我觉得她小小的脑袋是用木头刻成的,
一块红色的硬木头,眼睛闭着,嘴巴大张。
从张开的嘴里发布尖锐的哭喊
抓挠着我的睡眠像一支支箭,
抓挠我的睡眠,并进入我的身侧。
我的女儿没有牙齿。她的嘴巴宽阔。
它发出如此黑暗的声音,绝对不是好事。

声音一：

是什么把这些无辜的灵魂猛地扔向我们？
看，他们如此疲倦，他们都精疲力竭地
躺在他们帆布边的小床上，名字绑在他们的手腕，
他们远道而来，就为这些小小的银色纪念品。
他们有的有着厚厚的黑发，有的是光头。
他们的肤色是粉色或蜡黄色的，褐色或红色的；
他们开始记起他们的差别。

我觉得他们是水做的；他们没有任何表情。
他们的面容在睡觉，像安静的水上的光。
他们是真正的和尚与尼姑，穿着他们同样的服装。
我看到他们像星星撒落到世界上——
到印度、非洲、美洲，这些奇迹般的生灵，
这些纯洁的小小的形象。他们闻起来像乳汁。
他们的足底没有被触碰过，他们是空中的漫步者。

空白能够这样挥霍吗？
这是我的儿子。
他张大的眼睛是那种普遍的、单调的蓝色。
他正转向我，像一株小小的、盲目的、鲜亮的植物。

一声哭喊。它就是我挂在上面的钩子。
而我是一条乳河。
我是一座温暖的小山。

声音二：

我不丑。我甚至是美丽的。
镜子归还一个没有畸形的女人。
护士们归还我的衣服，和一个身份。
很平常，他们说，发生这种事情。
在我的生命中，以及在别人的生命中都很平常。
我是五分之一，差不多这样。我不是没有希望的。
我像统计数字一样美丽。这是我的口红。

我画上以前的嘴。
这红色的嘴巴我储存了我的身份
一天前，两天、三天前。那是星期五。
我甚至不需要一个假日；我今天就能上班。
我能爱我的丈夫，他会理解。
就算我有畸形的污点他也会爱我
好像我丢了一只眼、一条腿、一根舌头。

所以我站着,有点儿看不清。所以我乘着
轮子离去,而不是用腿,它们一样可用。
并学会用手指说话,而不是舌头。
身体资源丰富。
海星的身体能重生出胳膊
而蝾螈的腿很丰沛。我愿我
缺失的部分也一样是丰沛的。

声音三:

她是一座小岛,沉睡而安静,
而我是一艘白色轮船汽笛声声:再见,再见。
这一天燃烧着。非常哀痛。
这间屋里的花朵鲜红,来自热带。
它们一辈子都住在玻璃后面,被温柔地照顾。
现在它们面对床单洁白,面孔苍白的冬天。
只有很少的几样东西装进我的手提箱。

有一个我不认识的胖女人的衣服。
有我的梳子和发刷。有一种空白。

我突然如此脆弱。
我是一个走出医院的伤口。
我是一个他们释放的伤口。
我把我的健康留下。我留下某个
会紧贴着我的人,我松开她的手指像绷带:我走。

声音二:

我又是我自己了。都了结了。
我流尽了血像蜡一样苍白,我没有留恋。
我扁平,处女一般,意味着什么都没发生,
什么也不会被抹掉、撕毁和抛弃,重新开始了。
这些小小的黑色嫩枝没想到发芽,
这些干旱的,干旱的排水沟也没有梦见下雨。
这个隔着窗户遇见我的女人——她很整洁。

她整洁到透明,像一个鬼魂。
她多么害羞地把她整洁的自己加在
非洲橙的地狱里,倒吊着的猪身上。
她顺从于真实。
是我。是我——

尝到我牙齿之间的苦味。
每一天数不清的恶意。

声音一：

作为一堵墙我能坚持多久，挡着风？
我能坚持多久
用我手的影子柔和阳光，
拦截一个冷月亮的蓝色污渍？
孤单的声音，悲伤的声音
不住地轻拍我的后背。
它会怎样软化它们，这小小的摇篮曲？

我能坚持多久作为一堵围绕我绿色领地的墙？
我的双手能够坚持多久
作为他伤痛的绷带，而我的词语能坚持多久
作为天空中明亮的飞鸟，安慰着，安慰着？
如此敞开
是一件糟糕的事：就好像我的心
戴上一副面孔然后走进世界。

声音三：

今天，大学陶醉于春天。
我的黑袍是一场小葬礼：
它表示我很严肃。
我拿着的书本挤入我的腰。
我曾经有一个古老的伤口，但它在康复中。
我梦见过一座岛屿，在哭喊中发红。
是一个梦，没有什么意味。

声音一：

黎明在房子外面高大的榆树中盛开。
雨燕归来。它们尖叫着像纸火箭。
我听见时光的声音
在绿篱中变宽并死去。我听见牛哞。
色彩填充自己，而湿润的
茅草屋顶在阳光中冒烟。
水仙花在果园里张开白色的脸。

我安心了。我安心了。

这些是婴儿室清亮的颜色，
说着话的鸭子，开心的羊羔。
我又变得简单。我相信奇迹
我不相信那些可怕的孩子
用他们白色的眼睛，没有手指的手伤害我的睡眠。
他们不是我的。他们不属于我。

我将沉思正常状态。
我将沉思我的小儿子。
他不会走路。他不会说一个词。
他依然用白色的带子包裹着。
但他粉红而完美。他如此频繁地微笑。
我在他的房间里贴满大朵的玫瑰花壁纸，
我到处画上小小的心。

我不希望他是杰出的。
正是杰出吸引魔鬼。
正是杰出爬上那悲伤的小山
或坐在沙漠里并伤害他母亲的心。
我希望他是普通的，
爱我就如我爱他，
娶他想娶的并娶他愿意在哪里娶的。

声音三:

草地上炎热的正午。金凤花
闷热并融化,而情人们
走过,走过。
他们像影子一样又黑又平。
没有留恋是如此美!
我像草一样孤独。我想念什么?
我会找到它吗?不管它是什么!

天鹅走了。河水依然
记得它们多么洁白。
它用它的光努力跟随它们。
它在一朵云里找到它们的形状。
是什么鸟哭喊着
声音带着这么多悲伤?
我依然年轻,它说。我错过了什么?

声音二:

我在家,在台灯光下。傍晚正在延长。

我在缝补一条丝衬裙：我的丈夫在看书。
光多么美地包含这些事物。
春天的空气里有一种烟，
一种使得公园、小雕塑
都带上粉色的烟，好像一种温柔醒来，
一种不倦的温柔，治愈性的温柔。

我等待而疼痛。我认为我在恢复中。
有很多事情要做。我的双手
能整齐地把蕾丝缝到这块布上。我的丈夫
能够一页页地翻动一本书。
所以我们一起在家，下班之后。
唯有时间重重压在我们的双手上。
唯有时间，不是物质的。

街道也许会突然变成纸，但是我从这长久的
摔倒中恢复，可发现我在床上，
安全地在床垫上，双手支撑，好像为了防止摔倒。
我重新找到自己。我不是影子
尽管一片影子从我的双脚边出现。我是一个妻子。
城市等待而疼痛。小草
破开石头，它们因生命而绿。

第三辑

题献给普拉斯的诗篇

布伦达·希尔曼

抽屉里的一绺卷发（重写版）

作家们渴望一种新的形式感，尽管他们可能永远不知道
　　那是什么。真实自其概念中被释放而出，光释放白天
　　　　如同幼鹿踏过世界的地面直到一些斑点
　　　　　　看起来像是溢出来…… ▫▫ ▫▫▫ 。① 八十年代
　　　　　　　　　　　　　　　　▫▫ ▫ ▫▫▫

　　　　　　　　我踏上旅途去看普拉斯的物品，像个朝圣
　　　　　　者追踪一个殉道者的遗物。一些美学派别
　　　　不喜欢她——感情太多
　　　或母性太多 & 在那时候作家们忠实于他们的
　　流派，尽管看起来伟大作家遗弃他们的
流派 & 他们烧着地图取暖……

---

① 原文如此。这首诗出现的各种符号系作者和译者特意为之，后文同。

> 一位图书馆员拿来一抽屉普拉斯的物品：她母亲做的缎子面的婴儿
>
> 成长剪贴簿，一只布偶狗的一部分 & 玻璃纸包着的一绺卷发［◎］。卷发绺
>
>   跟它的那些零交朋友。有穿透力的光巨大而亲密。
>
>   光从外部压着人类的遗迹，带着一种花粉色调，
>
>   细微而重大，
>
> 就像一个女孩感到受困 & 不足但又拥有深沉而游移不定的快乐。
>
> 头发很怪异，保存下来后更有生机。 我盯着它一会儿；

我比普拉斯死时只大几岁；我们有着一些共同点：做过婴儿
  成长剪贴簿的母亲，幼小的孩子；压倒性的
    抑郁症，完美主义。我爱写作甚于我爱
      悲伤。我爱人类甚于死亡。
        这种无缘无故是无端的，细节是无端的 &
        语言也是

无端的所以我活下来了。她会怎么看待她的声名，又会怎么看待那时候很少
被阅读的诗人们的声名：内德克 & 赫斯登，福莱斯特-托马斯 & 盖斯特。

当一头幼鹿踏过它的斑点，正是我们所爱的让我们活下来。有时候。

有些人。几乎活了下来。在内心的一绺从世界的地面上 ~~xxxx~~ 内心中的

一绺，那没有规划的光的遗迹幸存——

多　多

1988 年 2 月 11 日
——纪念普拉斯

1

这住在狐皮大衣里的女人
是一块夹满发夹的云

她沉重的臀部，让以后的天空
有了被坐弯的屋顶的形状

一个没有了她的世界存有两个孩子
脖子上坠着奶瓶

已被绑上马背。他们的父亲
正向马腹狠踢临别的一脚：

"你哭,你喊,你止不住,你
就得用药!"

2

用逃离眼窝的瞳仁追问:"那列
装满被颠昏的苹果的火车,可是出了轨?"

黑树林毫无表情,代替风
阴沉的理性从中穿行

"用外省的口音招呼它们
它们就点头?"天空的脸色

一种被辱骂后的痕迹
像希望一样

静止。"而我要吃带尖儿的东西!"
面对着火光着身子独坐的背影

一阵解毒似的圆号声——永不腐烂的神经
把她的理解啐向空中……

臧　棣

新鲜的禁忌协会
　　——纪念西尔维娅·普拉斯

依然有荒原可以面对
其实是仁慈的；乌鸦并未出现在
错误的地点和错误的时间，
就如同沼泽的气息里
并不全是芸芸众生误会过
死亡是一门艺术。脱下面具后，
乌鸦其实也长得并不太丑，
它们只是有时会让精灵走神。
而给精灵写过那么秘密的信之后，
我才突然意识到，假如召唤是可能的，
它绝对不该再用"亲爱的精灵"来开头。
滚滚乌云顶多是精灵刚刚戴过
又摘下的厚厚的滑雪帽。
依然有精灵活跃在人生的黑暗中

意味着我们的变形记里
还有很多故事,不能清晰成
伟大的真相。而这其实更仁慈。
我错怪过特德吗?他一直就像
雨中的鹰,来自荒野的尽头。
而在人类的追逐中,我错怪过我是
一头被豹子追猎的母狮吗?
电击疗法后,有些幻象
已不再那么可怕,有点像地狱之火
渐渐熄灭在榆树的灰烬中;
为什么事情看起来这么简单,
而我却无法澄清我对蜜蜂的感情——
不仅仅是在邻居面前解释不清,
而且在诗的真实中也解释不清;
难道我错怪过生命的狂喜?
晨歌升起时,我掏出过胖胖的金表;
而回音自迷宫深处传来,
我知道,词语的弦
在我固执的探索中绷得太紧,
而这样的例外是残酷的——
譬如,爱是死的一部分,
我却执迷于死是爱的一部分。

冯 晏

体内的词[1]
——献给西尔维娅·普拉斯

从语言裂缝里又一轮日出投进深海
抓到并举起黎明的那双手,随后又从
你体内的词"透亮若纳粹的人皮灯笼"抽回
从云层灰暗处透出一块幽蓝
点亮你头顶一盏蓝光灯并从银河系照下来
恰好罩住你"宛如犹太人的亚麻布"的句子
虫鸣像一场暴雨,一条条,具有锥子般的骨头
是出自你体内反复刺痛情绪制高点的词
你被反复搁置在一个钢化玻璃的空间内
像金钱豹被困于笼子
这句"酸腐的呼吸"强化了你另一些否定性人生观

---

[1] 诗中引号内所引普拉斯的代表诗作《拉扎勒斯女士》(编者按:本书译作《拉撒路女士》)中的句子,均摘自李震的译文。——原注

"鼻子、眼窟、满口齐齿"
无缘由抹去肉体,你尝试以"我又干了一次"
暗示潜在的透彻性和一场精神气焰
你在一首《拉扎勒斯女士》诗中
折断语言之根:"好一团千头万绪的纤维"
火山从你指尖喷发,茉莉花香从毁灭飘来
通过煤气你隐喻了所蔑视的看和听
小屋子终于被你关掉宇宙
你写道:"我一晃就关闭了自己,像海贝"
"摘除我周身的蛆虫,仿佛黏糊糊的珍珠。"

世　宾

在沸腾的水中
　　——为西尔维娅·普拉斯而作

之前多么亲切，随意地
请你吃茶，说着家常

毫无征兆地，她
堕入了地牢

忽然间，一个人就不见了
一颗焦虑的心，拽着她

像在沸腾的水中
非如此不可，非如此不可

多么熟悉的环境
却难以安宁

手臂撞着,脚被碰
舌头咬着,心被搅

吱的一声
电流敲击

一只蜘蛛掉落
失措间,满地杯盘

沮丧、愤怒,她一直
往下掉,却无能为力

她呐喊、呼救
张合着嘴

但无人听见,她自己
也只听见催命的冷笑

她的敌人不是丈夫、孩子
她在与一个未明的人较劲

她揪着自己的头发
不断地抖动那张抖不平的人皮

飞机、坦克、汽车,所有发音的器物
轰隆隆而过,直至

把她碾得粉碎
她的自燃,才得以平息

安·沃德曼

小调爱丽尔

我会被隐藏

并让自己疯掉,

  跟在

洁白的
戈黛娃之后

在你心里裸着

我会休息并激活

从松树释放
希克拉斯,召唤你

　　　　乞求他人，你的巫儿子

被诅咒的卡利班
如今在所有的场所出没

　　解放自己，容光焕发

从这，我们的家长，你的爹爹

是时候了。超越时间，以及时间以前

　　　　让我们看向"未来的记忆"

以免我们永不遗忘

　　我们盛怒的鬼主人

以及对那个被排斥的内在声音的爱

意识，它让我们成为诗人

你所给我的：白女孩

诗人，
赤裸

目的

我父亲从纳粹战争回家作为
　　　先遣者看见那些烧焦的身体升入腐烂的天堂

关于这，肯定，那些暗示，我们这些孩子精明之

哭泣之。我们，女人们，而你中断你的困境

　　盛怒着

而世界持续它的霸权

身体，依然扭伤，切，切，切

　　圣树的枝干

你的诗行

在明智中清醒

西蒙·奥蒂斯

没机会睥睨普拉斯

世界目前
不是个安全的地方

北加州的一间屋里,我坐在一只鸟的对面
看起来像知更鸟,但细看,它并不是一只知更鸟

那只鸟非常安静,一动不动,栖在木栅栏上
我也不动,坐在一张散落着纸页的桌子边

不要问,不要为一次机会跳舞,不要请不要

爱不是一次机会,而是一种需要,清楚而肯定

需要属于你,一直这样,承认它,不要否定它

那条木栅栏会承担着那只鸟,知更鸟或非知更鸟
世界还会是那个世界,无论安不安全

鸟没有机会作为一只鸟或者不作为一只鸟
睥睨我正如我是或者不是里里外外只是一个地方

译后记

周 瓒

在这篇译后记中，我希望能够回答以下问题：我们为什么要重译西尔维娅·普拉斯？如何理解她的英年早逝？如何评价她的诗歌？这三个问题其实是相互关联的。重译意味着我们今天依然看重普拉斯诗歌的价值，因她临终前几年不幸而艰难的人生境遇，直接锻造了她的诗歌品质；刚过三十岁即以自杀结束生命，又致使诗人普拉斯处在了某类文学话题的中心，敦促后人不断思考她的文学成就和她的杀身抉择之间的联系。

不过，围绕这几个问题又有一些需要澄清的偏误，包括在译介与接受中对西尔维娅·普拉斯诗歌的不同理解，还有对她的个人性情、精神疾患的争议。如今，我们不仅会在文学研究著作中看到批评家、文学研究者讨论以上问题，而且还能在大量面向大众的创造心理学、精神分析学的通俗书籍中，找到以普拉斯为案例的分析。

1932年10月27日，西尔维娅·普拉斯（Sylvia Plath）生于美国波士顿，父亲奥托·普拉斯是一位生物学家，当时在波士顿大学任教，他的家族是来自德国的移民；母亲奥瑞莉亚·普拉斯曾是奥托的学生，她也有德国血统，其家族来自奥地利。奥瑞莉亚曾在中学任教，婚后辞去工作，在家相夫教子。关于西尔维娅小时候与父母的关系，传记作家安妮·史蒂文森有两段令人费解的表达："奥托是专制的一家之主，管理家庭经济和开支，在最便宜的市场上购买物品，喜欢支配一切是他与生俱来的权利。""由于《家书》的过分恭维的感情流露，假如我们需要它们作佐证的话，所有一切都是确证，那即西尔维娅和她母亲之间的关系是变态的幽闭恐惧症。"[①] 由于我没有读过这本书的英文版，拜托在美国的友人徐贞敏找到后一句话的原文：All are confirmations—if we need them after the fulsome outpourings of *Letters Home*—that the relationship between Sylvia and her mother was abnormally claustrophobic, even for Germanic Americans with a strong

---

[①] 《苦涩的名声——西尔维娅·普拉斯的一生》，安妮·史蒂文森著，王增澄译，昆仑出版社，2004年，两段引文分别出自该书第7页和第8页。

sense of family。不难发现，中文译者对这句的理解有误，且漏译了半句，abnormally claustrophobic 译成所谓的"变态的幽闭恐怖症"并不十分准确。这个短语不过是强调了这对母女之间的关系过于紧密和封闭，形容其"异常幽闭恐怖"，使得母亲对女儿的期许与爱演变成一种压力，可能导致了女儿的高度紧张，意图取悦母亲的愿望内化为一种自我期许，若难以实现这种自我期许，则会导致自弃与自毁倾向的心理状态。

传记作者类似的总结分析，大部分基于一种后见之明。希图解释普拉斯父母的性格、气质以及普拉斯与双亲的关系，是如何影响了普拉斯的成长，进而合理化对普拉斯性格中的矛盾与极端性的论断。另一个更被引为确凿证据的事件，是普拉斯八岁时父亲的病亡，直接造成了普拉斯激烈的反应："我将决不再跟上帝讲话"。安妮·史蒂文森接着引申道："终其一生，西尔维娅在她认为在不能忍受的处境下时，总是喜欢用'决不再'这样的措词。"（《苦涩的名声》第11页）我不反对从童年创伤中找根源的精神分析法，但我反感把它绝对化，这种方法往往对分析对象的主体性充满傲慢的忽略和曲解。试问，放大普拉斯原生家庭的问题和普拉斯童年经历的心理创伤，究竟能在多大程度上帮助我们客观公允地理解普拉斯的内心世界与她的写作努力呢?与其为一桩事件结果寻找直接简单的理由,莫如尝试还原那个复杂多面,可能性与偶然性并存的事实面貌,同时,更不能忽视普拉斯通过写作努力超越自身的可敬尝试与成果。

也是在这一意义上,我们有必要反思一种看似科学有效的考察普拉斯作为诗人与作家的路径。不少读者与批评家,在谈及西尔维娅·普拉斯时,将她归并到自杀的作家、艺术家之列,并"自然而然"地试图这样理解:她的一切都与自杀行动的瞬间相连,仿佛她身死之前的所有人生,都沿着一条逻辑简明的线索推进,然后不出意料地走向众人所看到的那个结局。诗歌批评家与传记作者在解读普拉斯的重要诗歌和她的一些人生关键选择时,常常不由自主地从中寻找蛛丝马迹,为了证明她那人生最后时刻的必然性。对西尔维娅·普拉斯写作成就的评估总是受死亡产生的震动效应的影响,不论是正向的还是负面的,肯定的或否定的,都是成问题的。好像死亡成了一个支点可变的杠杆,左右着人们对她一生的看法,这不可谓不是一件悲哀的事。当然,不独普拉斯被如此对待,很多自杀身亡的作家、艺术家也在身后遭遇同样的接受处境。

对此,就算我可以理解,但还是希望能进一步追问并反思这种从结果逆推,过于便捷地理解复杂人生的思路。人之一生并非推理小说的设定,当我们试着深入其中时也不会遵循朝向真相大白的推演过程。尤其面对一个对人类精神的深刻体验有着创造贡献的诗人,譬如西尔维娅·普拉斯时,我们可能需要而且也应该,将她的写作与死亡稍加切割区分,唯有如此,我们才能够看得更客观与清晰。

若我们跳出普拉斯悲剧性的自杀行为,重新审视她的写作,把她全部的成长看作思想能力逐渐深沉、精神世界不断丰满而坚定、风格迈向成熟的过程,那么我们就将看到一个全新的普拉斯,一个能够给予我们启发,并最终明白我们为何喜爱她的诗歌的普拉斯。我们爱她的诗并非因为她诗中透露的敏感、激烈、孤绝的存在姿态,而是因为这些诗向我们展现了一种顽强与执着的自我剖析与肯定,显示了人对于精神领域的无畏而深远的探索。

"一个全新的普拉斯"还有另一重含义,那就是,在汉语中经由中文构建的普拉斯,一个复活了的普拉斯。一方面我们朝向那个写下过大量诗歌、小说和书信的普拉斯,寻求其本真的面貌;另一方面,我们从她的文本出发,从对她诗文的翻译与接受中,探析其精神生命在其他文化中的复苏与延续。这二者之间或有自然的联系，它们相辅相成，共同绘出一幅血肉丰满的普拉斯肖像。透过这幅或许不那么写实的肖像，普拉斯锐利的目光望向我们，和我们交换生命经验，关于美的认识，以及生存的勇气与生命意志。

重译普拉斯，是我们发现一个新普拉斯的愉悦之旅。品读她的每一首诗，每一个出人意料的比喻，总会触动写作者的心绪。我的合作译者诗人徐贞敏和我，我们以散漫、自在的方式合作，一起阅读、讨论、争论，翻译之余则是漫无目的的闲聊、散步，从建国门走到大望路，或者在漫咖啡坐一个下午，工作和闲扯。回忆之中，好像我们生活中的那一段时光，忽然变得突出起来、重要起来，印刻在两个朋友的生命经历当中。

翻译是一种众声喧哗的行动。除了贞敏、我，当然普拉斯也加入了我们，还有她的诗在被我们重新打量时发出的声响，她诗歌的其他译本偶尔也会参与进来。译者的任务是努力捕捉原诗丰富的声音特质，在各种可能的推敲中发现更恰当和更自然的一种，因此翻译行为始终保持开放性。而这个过程体现在普拉斯的诗歌翻译中，令我震动的，是重新认识了普拉斯诗歌高超的艺术品质。

首先，普拉斯是一位想象力超凡的诗人。这里所说的想象力不是指一般意义上一个人的形象联想力，而是在诗学意义上，诗人经由词语的声音、形状通往意识空间的伸展与构造力。如果我们把一首诗比作一座建筑，那么普拉斯的诗歌建筑内部一定是多维的。不错，现代诗歌最大的空间特征大约就是词语宇宙的多维性质。词语形象多变的点面切换，诗行声音制造的时间流向，诗的整体充满张力的气氛，都是诗歌想象力的构成方式。

进入普拉斯的一首诗，读者有如置身于"彭罗斯阶梯"一般，攀高与下行都会回到同一个点，或者通向无尽。解读她的诗，即便我们了解这首诗的灵感触发点，知晓其素材，在诗句里琢磨出其主题指向，但要完整地用散文或评论的文字将它说尽道明，几乎异常困难。也由此，绝大多数评论家将普拉斯锚定在"自白派"这个诗歌思潮范畴中，循着诗人对自我的剖析和私人生活的开掘这一向度，闯入她的诗歌世界，试图窥解其自带言语魔力的诗作。殊不知，这种分析向度刚好忽略了普拉斯想象力的复杂性。

探索"自我之谜"因而成为普拉斯诗歌的第二大特征，换句话说，这是普拉斯有意无意建构出来的一个局面。以"我"为主题写诗，是普拉斯明确自觉的选择。这也从另一意义上将她与她的丈夫特德·休斯的写作区别开来。普拉斯与休斯于1956年6月结婚。休斯的首部诗集的出版,是普拉斯于1956年11月得知纽约哈泼兄弟出版公司拟通过纽约诗歌中心举行一次比赛,征集诗篇出一本最佳诗集后,她把休斯的诗作先打印出四十篇,以《雨中鹰》为书名寄出。评奖委员会中有诗人奥登、斯彭德和玛丽安·摩尔,诗集赢得奖项,T.S.艾略特最终审定,1957年《雨中鹰》出版[1]。普拉斯和休斯既是同行又是对手,对《雨中鹰》和休斯的诗风有了解的读者会发现,普拉斯一开始就有意识地在取材、主题与风格上,与休斯保持着距离。当然,在亲密关系中,普拉斯还不时充当休斯的秘书。不可否认的是,普拉斯的自我牺牲与全情付出,也是她在休斯背叛婚姻后更加愤怒终致深度抑郁与失控的原因之一。

普拉斯的诗多从自己的成长、家庭、婚姻生活、个人的生命状态中取材,试图从这些私人经历中提炼出开阔、普遍的人类经验。普拉斯成长的年代,正是

---

[1] 《雨中鹰》的中文译者、诗人雷武铃在译后记中,从题材和主题方面,归纳分析了休斯这本诗集里的诗作,称其中包括动物诗(这是休斯钟爱的类型)、人物及人与人关系的诗、战争及爱情主题诗、鬼怪诗和杂诗等。雷武铃认为休斯的诗带有浓重的神秘主义气息,充溢着原始的自然的生命力量。《雨中鹰》,雷武铃译,广西人民出版社,2023年。

精神分析学受到关注,其临床应用在欧美得到普及的时代。普拉斯在史密斯学院读书时,有过一次精神崩溃,触发崩溃的原因可能是写作与发表受挫。她把自己关在家中的地下室,服了大量安眠药,两天后才被家人发现。之后,她被迫在医院接受精神病治疗长达四个月,这些治疗手段包括电惊厥疗法。

自始至终,普拉斯努力通过写作了解和理解自己,如安妮·史蒂文森所言:"西尔维娅回忆她身边曾发生过的每样事情,可以说是她写作的无价之宝,不过那也使她陷于自己编织的罗网中。""普拉斯的真的主题是这种内心的真实的自我,而不是她外部的对事物的体验和成就。""不知怎么对她来说,一直是在勃勃生气和令人受不了的意气消沉之间反复着。"[①] 而普拉斯对自己如此性情也很伤脑筋。

时而生气勃勃,时而意气消沉,这典型的"双向情感障碍"症状,或许在当时没有提前得到应有的重视和最终确诊,于是,在精神疾患发展为精神分裂症后,普拉斯被迫接受粗暴且令人恐惧的电惊厥疗法。在她去世后,周围的一些人,包括后来的传记作者,出于更多为生者考虑的目的,更是将普拉斯的精神问

---

① 《苦涩的名声——西尔维娅·普拉斯的一生》,第 14、24、33 页。

题朝着消极而破坏性的方向去解读。这种倾向就使得安妮·史蒂文森一方面肯定了普拉斯以自己的生活为素材和主题的诗歌写作,另一方面则又认定这种写作"使她陷于自己编织的罗网中"。诸如此类的评说,都如上文所言,是基于普拉斯生前饱受精神病痛的折磨以及最终以自戕结束年轻生命的事实进行逆推,而这种理解与阐释,显然缺乏对一颗敏感而严肃的心灵的理解,更忽视了普拉斯通过写作磨炼自己的意志,以及即便不堪巨大的精神痛苦、打算结束自己生命的时刻,也不忘守护两个年幼孩子的生命那种伟大而坚韧的努力。尤为重要的是,她以顽强意志与创造爆发力写下的诗歌本身就是一种自我救赎。而这一切都被拘泥于诗人外在生活与表象的传记作者和看客们无视了。

如何突破认知上的逻辑错误,即我们在上文列举的一些后见之明与死无对证的臆测?至少,出于对人性复杂性的理解与尊重,我们应该更谨慎、更多一些善意地理解西尔维娅·普拉斯和她的写作。并且,最要紧的是回到她的诗歌本身来讨论她。这是我们认为的普拉斯诗歌值得重译的理由。

因此,我们也注定了要在与其他不同批评声音的辩难中,接近一个更真实也更细腻、丰富的诗人西尔维娅·普拉斯。在《诗人的成年》一书中，美国批评家、学者海伦·文德勒在探讨普拉斯的诗歌成长时，特别指出普拉斯早期诗作中对父亲之死的反复书写，19 首精心创作出来的"少作"，为普拉斯最终写出她第一首完美之诗《巨像》磨砺了技艺。当另一些批评家如欧文·豪，指责普拉斯没有为自杀这种极端的存在状态或人类的普遍状态提供多少启示，因而她的诗歌写作缺乏所谓"远见本质"时，文德勒愤而为普拉斯辩护。一方面，"一部长篇小说有空间将主人公的感性与'普遍的人类存在的诉求和可能性'相联系，而一首诗，正如洛威尔所言，是一张'快照'，目标是生动，而非全面"；另一方面，"一个作家的真实的'远见'寄存于他或她的风格寓意中。普拉斯的'远见'赞赏并促进语言和神话中能够遏制无序、无政府和暴力但不否认其存在的一切"[①]。通过细读普拉斯最后的诗作《边缘》，文德勒进一步论述和肯定了普拉斯真实而富于人性的"远见"：对受苦生活的体认，解脱的喜悦，对生与死决然对立的凄美现实的展现。

即便主要以"我"为写作题材或主题，在写下

[①] 《诗人的成年：弥尔顿、济慈、艾略特、普拉斯》，海伦·文德勒著，周瓒译，广西师范大学出版社，2023 年，第 298、299 页。

《巨像》之后，技艺与思想逐步成熟的普拉斯，也不断打开自我，朝向更开阔的生物与人类世界进发。诚然，她的早逝令人遗憾地终止了诗歌探索，但是，从她留下的诗篇中，通过阅读、重读以及翻译，我们依然能够重新激活其中蕴藏的求真意志与对艺术之美深切敏锐的激情。

译后记

徐贞敏

北京某个秋夜,当我和周瓒走向建国门地铁站,她问我:"你要不要跟我一起翻译普拉斯的诗?"周瓒是我老朋友,那时,我们已经一起翻译了几位美国女诗人的作品,认识周瓒并了解她的翻译也是我开始翻译诗歌的一个机缘。我毫无迟疑地答应她。说话间,路灯剪落槐树的影子,天空悬挂着一轮月牙,一片落叶在风中升起。我全身变轻了,是踏进命运之河的一种轻盈。

高三,刚过十六岁生日,我第一次读普拉斯。我们的语文老师让每位同学选一位美国作家,做一个学期的研究项目,最后写文章,做讲座。我偶然选了艾略特,我的朋友选了普拉斯。由于普拉斯的死亡方式,她的讲座引起了轰动。同学们带着一种恐怖与好奇讨论普拉斯的死亡。我记得给我留下最深刻印象的细节是她自杀以前，把甜饼搁在孩子们的床边，还仔细地确保孩子们不会受煤气的伤害。到现在，每次想到她的死亡，我都会回忆起这些细节：一位母亲在极度绝望的时刻依然在照顾孩子们。我记得我的朋友当时也朗诵了《爱丽尔》那首诗，听完我就爱上了普拉斯的诗。同学们介绍的作家中，我只记得艾略特和普拉斯，估计我那会儿就感觉到我的命运跟他们有某种关联。关于艾略特，原因更清晰：他离开美国以后再没回去，另外，他是诗人、批评家、翻译家、信仰者和剧作家。我那时已经能够想象将来我的生活。关于普拉斯，我跟她的缘分和感情更加密切，但是我无法准确找出一个具体的原因，反觉得原因有很多。比较清楚的是：她的极度敏感，还有她决心从敏感进入写作。在她的诗《三个女人》中她写道：

如此敞开
是一件糟糕的事：就好像我的心
戴上一副面孔然后走进世界。

我从小有类似的感觉。十六岁的我已经在生死的悬崖上活了几年，所以对我来说她在诗篇里飞入黑暗并不可怕，反而很熟悉。她写到黑暗的诗甚至给我带来安慰，从它们，我能感觉到世界上另一个人深刻地体会过那种悬崖，而且最后能够通过诗意的方式来表达。不过，许多年来我一直有点担心我跟她会有同样的命运，最后无法从黑暗里走出来。不过，等我答应这个翻译项目，我终于知道我跟普拉斯的关系存在于诗歌、语言和对生命的体验。

我的一些美国诗友说他们曾经有一阵子避开普拉斯的作品，因为它们的黑暗压倒了他们，或者他们害怕过度地同情她会给自己带来相似的命运。以前，跟我年龄差不多的美国女作家，年轻时经常担心作为诗人会有自灭的冒险，因为我们的诗歌传统包括普拉斯、安妮·塞克斯顿、弗吉尼亚·伍尔夫一类自杀的女作家。前几年在云南参加文学节的时候，我发现许多中国大学生也有关于写作和自灭之间关系的怀疑和恐惧。他们提到了三毛、海子、普拉斯、塞克斯顿等作家。这让我意识到这些关心并不是年轻美国女诗人独有的。在《钟形罩》(The Bell Jar)出版五十周年的一篇纪念短文里，美国女诗人沙朗·奥茨（Sharon Olds）记起她三十岁左右，由于对普拉斯的天才和命运的恐惧，曾经避免接触普拉斯的作品。在翻译普拉斯作品期间，我发现在我的美国诗友之中，这种现象比我想象的多。当别人知道我和周瓒在翻译普拉斯的作品时，大部分的人会说这个项目非常重要，也说普拉斯是诗歌天才，但是也有诗友说普拉斯的作品中有某种让他们害怕的东西，或者如果他们花了很多时间读她的作品，最后她的作品会引发太多内心的痛苦。有一次我跟艾可玛原住民诗人西蒙·奥蒂斯讨论这个现象，他说或许大家想要明白他们为什么会受这种力量的影响，假如他们无法表达，他们很可能就会避开它。他说普拉斯的作品曾经对他很有吸引力："她知道悬崖。她明白悬崖是什么，意味着什么。她有坚持去了解它的权利。"

也许我们只跟某些作家有缘，或者灵性上和艺术敏感性上的自然亲切感会把某些作家放进同样的工作、生活的流动中，使他们跨越死亡和时间，反反复复地碰见。反正周瓒问我是否要跟她合译普拉斯的诗，我知道我一定要做。除了从她和她的作品感受到的亲密感之外，或许恰恰因为这种亲密感，许多年以来，我对关于她作品的评论越来越不满。因为许多评论只关心她的死亡以及她和休斯的关系，并不关心她的作品本身或者对她写作做更全面的分析。2005年，普拉斯的女儿弗里达·休斯出了一本《爱丽尔集》的修订版，按照普拉斯原来的顺序来安排她的诗，另外把一些休斯原来删掉的诗又收录了回来。在这个版本里的序言，弗里达·休斯批评了媒体、评论家和读者对她母亲的死亡以及她和休斯的关系的着迷。她写到她希望母亲的生命会被歌颂："我觉得我母亲的作品很非凡……《爱丽尔集》就在这里，这是她非凡的诗歌成就，在她不稳定的内心状态和悬崖的边缘，她是如此的镇定。艺术不会［倒下］。"

在伊文·博兰（Eavan Boland）的文章《另一个西尔维娅·普拉斯》中，她提出《爱丽尔集》刚出版后，对普拉斯的作品的评论"共有的一些特性，到现在仍然萦绕着她的作品，或者至少也是她作品的传达。首先，她的评论者不愿意把她的诗和她的自杀分开来考虑；第二，大多数人把《爱丽尔集》中的诗胶合到普拉斯生命最后三个月中的诗人形象。这些小小评论上的绕道引向对普拉斯作品评论的巨大错误"。博兰关于普拉斯作品的文章是我最喜欢的，因为她不但专注普拉斯的语言才华和勇敢，她还提出母亲身份帮助普拉斯找到 la grande permission（巨大的允诺），因为"她的母亲身份给她带来对她自己天性的一种意识。然后她自己的天性让她感觉到她参与季节和到达中的力量与神秘"。博兰写到这引发了自然诗中的一个变化：从诗人被大自然命令（或者教导？）的诗（比如弗罗斯特和洛威尔）到诗人命令大自然的诗。她认为这个变化引起"涟漪作用",而在后来的美国女诗人的写作中(比如露易丝·格丽克和布伦达·希尔曼的诗歌)就能看到普拉斯的影响。在她对《烛光下》的分析中,博兰写到说话者"能够控制自然世界,因为她自己本身能够生产自然界"。这种能力"不仅仅在审美中,也在声音中,灵巧地融合在对话和节奏里"。在1962年BBC关于她的新诗的采访中,普拉斯说:"如果它们还有其他的共同点,那就是它们都是为耳朵写的,而不是为眼睛写的;它们都是说出来的诗。"

力量:在声音中,在死亡中,在悬崖上。一个能够命令大自然的女人。"你怎么能翻译像普拉斯这样的诗人?"这是我经常问自己的问题,一旦我的美国和中国诗友听说我和周瓒在翻译普拉斯的诗,这也成为他们问我的问题。每次我自己或别人问这个问题,这件事都会令我畏惧。我都会感觉到一波一波恐慌,会让我怀疑答应这个项目的时候我在想什么。但是,我和周瓒合作的时间足够长,让我相信我们能够创作认真的译文。在感到恐慌的同时,我也感到一种深刻的快乐和期待,因为我知道我们的译文会让更多的中国读者读到普拉斯的诗。自从我2001年开始和中国诗人交流，我常常听我的中国诗友说，在中国对普拉斯的评论跟美国的评论一样也有类似的问题：主要专注在她的死亡以及她和休斯的关系。许多中国读者主要是通过《钟形罩》和休斯关于普拉斯的写作去了解普拉斯，因为休斯的作品已经被翻译成中文。那时候，在中国只能读到普拉斯诗歌的一小部分。在2011年的《钟形罩》中文再版序言里，中国诗人蓝蓝写道："我期待着，如果能够在某一天看到普拉斯的诗集以中文出版，相信读者对这位个性鲜明、命运悲惨、诗风独特的诗人会有更为准确的判断。"蓝蓝写序言的时候，我跟她讨论过普拉斯，也跟另一位中国诗友讨论过，当时我们很多诗友都感到同样的紧迫感，希望普拉斯的诗歌能够被更多的中国读者读到。就是这种紧迫感超越了我自己对试图翻译她的作品的怀疑。

那么，又回到这个问题："你怎么能翻译像普拉斯这样的诗人？"一般翻译一位诗人的作品时，我会跟他们讨论我翻译的每一首，也会问一些翻译时想问的问题，也会试图理解他们写某一首诗时的内心状态，有没有什么重要的背景或故事？翻译普拉斯以前，我跟周瓒合作译过布伦达·希尔曼、白萱华（Mei-Mei Berssenbrugge）等诗人，我们也通过邮件或面对面，问过她们关于我们不确定的词语和诗行。因为翻译是一种阅读和解释的行动。我觉得一位译者要尽可能保留诗人原来的意图和意义。比如，一个诗人用的词是一种酒还是一种茶？译者选哪个词就很重要，因为那将会改变这首诗的感觉。当诗人还活着，问这种问题，去理解诗人的意思就很简单。当然，对于一位已经去世的诗人，去理解诗人的意图和意义就复杂得多，特别是翻译普拉斯这样的诗人，因为很多诗人和评论家把她的诗行和词语理解得完全不同，再加上关于她的评论数量已经多得势不可挡。我和周瓒读过普拉斯自己写的注解，也读过她女儿和休斯写的注解。当一个词或一句话让我们纳闷，我们就读关于普拉斯的评论，但是不同的学者和批评家有不同的观点，所以我们最后只能按照自己认为最有道理的分析来选词。必然地，我们的译文的一些词语和诗行会被将来的学者和译者细读和批评。我觉得越仔细地阅读越能产生积极的效果，这意味着有更多的人在通过中文真正地进入了普拉斯的作品。最终，普拉斯的遗产应该取决于她的诗歌本身，而不取决于关于她的生活、爱情、愤怒以及她的死亡神话。

博兰在她的文章的结尾写道："每次她的诗被读的时候，那美妙的年轻女人又鲜活起来，又说起话来。"这让我感觉到她在描述我和周瓒翻译和读她作品期间所发生的事。当时，我确实感觉好像普拉斯就在房间里，我们朗读和讨论她的诗好像会把她召唤出来。有时候，我跟周瓒花几个小时讨论一个词的时候，我会想象普拉斯生我们的气，或者想象她高兴地在听我们，因为她的词语引起很深刻的讨论，那是语言、声音、意象、意义和感情的交织。她的诗带我们到两种语言触摸的悬崖上，带我们到两种语言之间的空隙里，在那里也许译者会失足并摔倒在某首诗完全不合适的一个词语中。这几年，我们断断续续地做了这个项目，大部分的时间我们俩都在北京，但是我们在路上（在美国和中国）也用了 Skype，有时候完全偶然地选中那天翻译哪些诗。有时候我们会按照她《爱丽尔集》的原版顺序来翻译，但是在别的时候，我们会自己挑不同的诗，哪天突然想翻译短的或者突然想翻译长的，我们会不按照顺序自己选。所以，我们留到最后的诗是她临死前几天写的诗这个现象是完全偶然的。也是由于命运的诗意连结，使这发生在二月份，就在她的死亡纪念日前几天。我们翻译的最后两首是《气球》和《边缘》，那时是二月初，北京正被浓密的黑色雾霾笼罩，那年冬天的雾霾常常使呼吸变得沉重，使日子显得不吉利。我们坐在周瓒第十三层的公寓里，平时那里能看见北京东北的郊区，能看很远很远，那个夜晚却只能看见变黑的烟雾中模糊的灯光。一般我们习惯在翻译一首诗以前，周瓒先读原文，接着我会再读。但是那个夜晚，她读《气球》的时候，我就感觉到说话者彻底投入生活中最亲切、最细腻的细节里——它的幼儿的快乐，它的气球的动物般的无辜，一个母亲观看一个幼儿的专注，并想着给他姐姐写一首诗。那种对生命的细心的关注让她快来临的死亡在悲伤中更加沉重。该我读的时候，我只读完一两句就开始大哭，无法继续读。眼泪一开始就停不下来。我们坐在那里，西尔维娅的诗在我们之间，她的词语、她生命的礼物在我们之间，她的死亡的现实悬挂在已经让人难以呼吸的空气之中。在这空气中，在我们之间，也有气球，"卵形的灵魂动物"，"稀薄空气的球体，红红的、绿绿的……"在我们之间的空气中，"像水一样透明的一个世界"。

前几年某个春天，我受邀请参加第一届杜甫国际诗歌节。诗歌节在清明节期间诗人的出生地举行，而开幕式安排在河南巩义的杜甫故里。在一个灰色、细雨蒙蒙的日子，所有的诗人和本地学生、退伍军人、本地农民及游客都站在外面。开幕式上，人们邀请一些诗人走到台上，点香，对杜甫祭拜。开幕之前，他们将气球从火炮里射出来。看着气球在薄雾中升起的同时，我想起了周瓒的家，想起那些气球在我们之间的空中升起。所有的气球都升空，一个流连在更低的地方，就在庙的屋顶上一点点。一个孤单的绿气球在灰色的薄雾中。我们就点了香，为杜甫，为诗人们，为所有先我们而来的诗人。